닥터 프랑켄슈타인

Dr. Frankenstein

DECA MEDIA

닥터 프랑켄슈타인 2

초판 1쇄 2025년 9월 15일

지은이 경우勁雨 · **발행인** 김정수 · **고문** 이종주
발행처 데카미디어 · **출판등록** 2025년 4월 17일
주소 서울시 영등포구 당산로 214 · **E-mail** tradejjang0@gmail.com
유통 · 판매 관리 (주)행운사 · **Tel** (031)901-1137 · **FAX** (031)901-4140
E-mail luckybogo222@naver.com · luckybogo222@daum.net

ISBN 979-11-7513-014-2 (2권)
ISBN 979-11-7513-012-8 04810 (세트)

닥터
Dr. Frankenstein
프랑켄슈타인
경우勁雨 현대 판타지 장편소설 2

차례

무릉도원 병원(2) • 7
웃지 않는 노인(1) • 99
웃지 않는 노인(2) • 145
웃지 않는 노인(3) • 191
아버지와 아들(1) • 251

무릉도원 병원(2)

오지선은 건우의 결정이 합당하다 생각했는지 자기 자리로 돌아간다.

그녀가 몸을 돌린 사이 다시 눈이 번쩍거리는 건우. 빠르게 장 전체를 살핀 건우의 마스크 아래로 미소가 지어진다.

'찾았다.'

장간막 쪽으로 누출이 있다. 만약 이대로 닫으면 이 부위가 점점 넓어지며 종국에는 처음 개복했을 때와 같은 상황이 펼쳐질 것이다.

장 전체를 양손에 놓고 살짝 문지르는 건우. 물론 이건 보여주기 위함이다. 크론병을 촉진으로 알아낼 수 있는 의사는 없다.

"문합부 상부에서 60~70㎝ 부위까지 두 곳에서 장벽의 심한 비후성 변화 확인."

눈으로 보며 말하는 것이지만 촉진을 하고 있는 것 같은 연기. 오지선이 놀랍다는 휘파람을 분다.

건우가 다시 한번 할머니 얼굴을 본다. 오지선의 실력이 좋은지 아주 편안해 보이는 할머니의 얼굴.

만약 크론병이라면 완전히 낫게 할 순 없지만 대충 확인하고 닫아서 또 생명이 위급하게 만들진 않을 것이다.

차가운 얼굴의 건우가 말했다.

"우측결장 절제, 소장-횡행결장 문합술을 시행합니다."

마취의의 일은 수술만 종료된다고 끝나는 것이 아니다. OR 내의 기기 정리 후, 중환자실로 옮겨진 환자 상태까지 체크를 마친 오지선이 그제야 작은 탈의실에서 수술복을 갈아입고 나온다.

'빨랐어, 그것도 엄청.'

갑자기 나타난 일반외과 선생.

마취의의 특성상 집도의보다 많은 수술 경험이 있을 수밖에 없다. 오지선 역시 유명한 외과 교수들의 수술도 함께해 봤지만 건우만큼 손이 빠른 의사는 처음 보았다.

단지 손이 빠르다는 것이 무슨 대수냐고? 환자의 천공 부위를 빠르게 문합하고, 환부를 빠르게 봉합해 닫으면 회복까지 필요한 환자의 부담이 현저히 줄어든다. 그렇기에 많은 외과의들이 빠른 손놀림을 가지길 원하는 것이다.

복도를 걷다 유리창에 비친 자신의 모습을 본 오지선. 머리는 산발이고, 얼굴은 푸석하다. 아무도 없는 곳이지만 괜히 민망해진 그녀가 머리끈을 푼 후 단정하게 다시 머리를 묶는다.

'크론병이라고?'

사실 아직까지 믿어지지 않는다. 사실 모건우가 그런 말을 했을 때도 믿지 않았다.

이 병을 정확히 진단하기 위해서는 대장내시경 검사, 비디오 캡슐 내시경 검사, 바륨 X-레이, CT, 또는 자기공명영상 등과 같은 검사가 필요하다.

하지만 모건우는 아무것도 하지 않았다.

'회장을 절개하는 수술이었다면 또 몰라.'

그때 복도 끝에서 간호사의 얼굴이 보인다. 그러곤 곧 큰 소리가 들려왔다.

"원장님! 과장님! 오지선 선생님 나오셨어요!"

다급한 발소리들. 아마도 원장과 과장이 소식을 듣고 돌아온 모양이다.

"오지선 선생!"

"선생님, 환자는요? 환자는 어떻게 됐습니까?"

오지선이 삐쳐 나온 앞머리를 정리해 귀 뒤로 넘긴 후

눈짓한다.

“중환자실로 옮겨졌어요. 일단 수술에는 문제없었습니다.”

원장과 과장은 너무 급했는지 달려오며 질문을 던졌다가 환자가 괜찮다는 말에 다리에 힘이 풀렸는지 휘청거린다.

60대 초반쯤으로 보이는 원장은 다 벗겨져 몇 가닥 남지 않은 머리카락이 땀에 흠뻑 젖어 있다.

“하, 말년 할머니 큰일 나는 줄 알고 술상 엎어버리고 왔는데.”

50대 중반쯤으로 보이는 과장이 바닥에 주저앉는다.

“하, 우리 병원에서 그런 수술이라니.”

과장의 말을 들은 원장이 고개를 번쩍 들었다.

“그렇지! 모건우 선생! 그 선생이 수술했다고요?”

오지선이 안경을 밀어 올리며 고개를 끄덕였다.

“네.”

“지금 어디 계십니까?”

“모르겠는데요? 저도 방금 나와서.”

모든 이가 일제히 간호사를 본다. 모두의 시선을 받은 간호사가 움찔 놀라며 복도 끝을 가리켰다.

“아까 병리조직 검사 결과 본원으로 보내신 후에 잠깐 바람 쐬신다고 나가셨는데요.”

과장이 눈을 크게 떴다.

"병리조직 검사요? 그건 왜 합니까? 천공 수술했다고 했잖아요."

간호사가 오지선에게 도움의 눈빛을 보내자, 그녀가 대신 답한다.

"모건우 선생 말이 환자가 크론병에 의한 천공인 것 같대요. 방금 수술한 환자에게 colonoscopy(장내시경)를 할 순 없으니 빨리 보낸 모양이에요."

원장이 미간을 좁힌다.

"수술 중에 Ileum(회장)을 절개했나요?"

오지선이 어깨를 으쓱했다.

"아뇨."

원장이 고개를 갸웃거렸다.

"그럼 어떻게 알았습니까?"

"저도 모릅니다."

"음?"

"모건우 선생에게 물어보시죠. 저도 궁금하거든요."

원장이 도무지 모르겠단 표정을 짓는 것을 본 과장이 물었다.

"제가 지식이 짧아서, 크론병이 뭡니까, 원장님?"

원장이 모건우에 대해 생각하며 설명한다.

"원인 불명, 치료법도 없는 병입니다. 희귀한 질환인데 요즘 점점 늘어나고 있는 추세죠. 대장이나 소장에 발생하고요."

"아까 회장에 발생했다고 하지 않으셨어요?"

과장의 질문에 오지선이 인상을 쓴다.

"아, 과장님. 아무리 의사가 아니라도 병원 원무과장이신데 공부 좀 하세요."

과장이 찔끔하자, 원장이 웃으며 말한다.

"됐어요, 과장님은 자기 할 일 잘하고 계시니까. 회장(回腸)은 소장의 마지막 부분으로 굴곡이 심한 구간입니다. 결국 소장의 일부분이라 보시면 되지요."

과장이 오지선의 눈치를 보며 물었다.

"치료법이 없다고요? 그 병에 걸리면 어떻게 됩니까?"

"만성 염증으로 인해 장에 줄무늬 흉터가 생깁니다. 이게 장폐색을 일으킬 수 있죠. 장벽 속까지 파고들어 가는 깊은 궤양에 의해 농양, 개방성 누공, 또는 천공이 발생할 수도 있습니다. 항문 피부에 열구가 발생하기도 하죠."

과장이 어느 정도 의문이 해소되었는지, 팔짱을 낀 후 말했다.

"그 병임을 알고 수술하는 것과 모르고 수술하는 것이 차이가 있을까요?"

오지선이 와락 인상을 구겼다.

"당연하죠! 만약 크론병이라면 수술 마치고 1주 후에 비강 위장 감압 튜브와 복강 내 배액관 제거 후 죽을 먹으면 즉시 엄청난 복통이 올 수 있어요. 장 유착성 부분 폐쇄가 올 수도 있고요. 하지만 모건우 선생님의 방식대로 당분간 금식시키고 정맥을 통한 영양 공급을 하는 동시에 원내에서 운동하게 하고 체력 향상이 되도록 하면 완화가 가능해요."

과장이 팔짱을 낀 채 생각에 잠겼다.

"그럼 모건우 선생의 방법대로 했을 때 뭔가 잘못될 건 뭡니까?"

"……."

"예?"

"없어요."

"응? 없어요?"

과장이 만세를 불렀다.

"그럼 된 거 아닙니까? 만에 하나 있을 위험 요소도 다 감안하고 수술하셨단 거 아닙니까? 이보다 더 완벽할 순 없잖아요? 하하."

과장의 말이 맞다. 하지만 원장과 오지선은 의사다. 그들이 궁금한 건 정말 환자가 크론병이 맞는지, 만약 그렇다면 모건우가 그걸 어떻게 알았냐는 것이다.

이건 꽤 중요한 문제다. 괜히 멋있어 보이려고 헛소리나 지껄이는 의사가 온 건지, 아니면 자신들의 상상 이상의 실력 있는 의사가 합류한 것인지 판단해야 하기 때문이다.

오지선이 생각에 잠겼다가 간호사에게 물었다.

"언니, 모 선생 바람 쐬러 어디로 간다는 말은 없었어요?"

"어…… 그게 환자 상태 체크해야 하니 그냥 병원 주변에 있겠다고 했는데."

같은 시각, 병원 앞 화단.

병동 건물 옆으로 눈만 나온 건우가 주변을 살핀다. 방금 대머리 아저씨랑 정장 입은 아저씨가 후다닥 뛰어들어가는 바람에 또 고양이에게 소시지를 주다 숨었다.

젠장, 이놈의 병원은 몇 명 되지도 않는데 왜 이렇게 사람이 많이 지나가는 거야?

건우가 혹시나 하는 마음에 아까 화단에 떨군 소시지를 확인했다. 급하게 떨어뜨리느라 제거하지 못한 끄트머리 포장지만 남아 있는 걸 보니 이미 다 먹은 모양이다.

소시지 포장지가 반들반들한 걸 보니 또 심장이 조금 아프다.

'얼마나 배가 고팠길래 포장지까지 다 핥아 먹었냐?'

어미 고양이가 화단 제일 안쪽에 누워 있고, 새끼 고양이 두 마리는 젖을 빨고 있다. 나머지 네 마리는 안전한 화단 안에서 몸을 굴리며 놀고 있다.

건우가 주머니를 뒤져 소시지 세 개를 더 꺼내 포장지를 제거하며 쪼그리고 앉는다.

"오래 기다렸지? 아까 준 게 좀 부족했을 거야. 형이 수술하고 오느라 그랬어.”

고양이들이 귀를 쫑긋거리며 건우를 본다. 하지만 쉽게 다가오진 않는다.

건우가 소시지를 손에 쥐고 흔들며 말했다.

“이리 와, 이거 먹자.”

수술 중간에는 오직 환자만 생각했지만 수술이 끝나고 병리조직 검사 데이터를 본원에 보내자마자 고양이들 생각이 났다.

밥은 제대로 먹이며 키우는 걸까? 아니, 아이들 꼴을 보니 키우는 게 아니라 그냥 여기 눌러앉은 아이들 같은데.

새끼를 낳은 어미는 뭘 먹고 영양 보충을 하는 걸까? 젖이 나오려면 충분한 영양 공급이 필요할 텐데.

“쭈쭈, 여기. 이거 맛있다.”

건우가 팔을 쭉 내밀고 고양이들을 부르고 있는 바로 그 순간. 병원의 알루미늄 문이 벌컥 열리며 큰 소리가 난다.

순간적으로 소시지를 화단으로 던져 넣으며 팔을 앞으로 쭉 뻗은 건우가 한쪽 다리를 번개처럼 옆으로 내밀었다.

“모건우 선생! 응? 지금 거기서 뭘 하나?”

건우가 시뻘게진 얼굴을 숙이며 이를 갈았다.

‘망할 병원 같으니라고. 마음 편하게 고양이 한번 못 챙겨주겠네.’

아직 고개를 들지 못하고 있을 때 간호사의 목소리가 들린다.

"아까도 저러고 계셨는데. 버스를 오래 타고 오셔서 몸이 굳어 그랬다고 하셨거든요. 수술을 오래 하셔서 또 몸이 굳으신 게 아닐까요?"

흠, 겁나 창피하다. 그래도 뭐 고양이 먹이 주다 걸린 거보다야 낫지.

자리에서 일어나며 괜히 기지개를 켠 건우가 슬며시 팔을 내리며 고개를 숙였다.

"이번에 발령 난 모건우입니다."

원장이 얼른 달려와 악수를 청한다.

"그래! 모건우 선생. 첫날부터 정말 수고 많았네. 자네가 없었다면 정말 큰일 날 뻔했어!"

당연하지 이 양반아. 당신이 소고기 뜯으러 간 사이에 이 사달이 벌어졌으니까 말이야.

삐딱한 눈빛을 눈치채지 못한 원장이 손을 잡고 흔들며 말했다.

"내가 무릉도원 병원장 한가한이네."

악수를 하고 있던 건우의 표정이 멍청해졌다.

"예? 성함이 뭐라고요?"

원장이 활짝 웃으며 악수한 손을 마구 흔든다.

"한가한. 한가한 원장이네."

"……."

젠장 이름 한번 잘 어울리네. 그러니 근무 시간에 소고기에 막걸리나 빨러 다니지.

옆에 있던 50대 중반 아저씨가 한 걸음 나서며 허리를 숙였다.

"모건우 선생님, 저는 무릉도원 병원 원무과장, 고기만입니다."

"……."

고기만? 그래서 고기 뜯으러 간 거냐? 이 사람들 이름이 왜 다 이 모양이야? 뭐…… 사람 이름 가지고 뭐라고 하면 안 되겠지만 말이지.

건우가 슬쩍 고개를 숙이자, 원장이 아직도 잡고 있는 손을 잡아끌며 말했다.

"그래, 밥은 먹었고?"

"밥…… 아직 안 먹었습니다만."

"그럼 우리랑 가지, 아직 안 구운 고기가 잔뜩 있거든."

"……."

그때 병원 내에서 오지선의 목소리가 들려온다.

"가긴 어딜 가요, 환자 의식도 아직 안 돌아왔는데. 다들 미쳤어요?"

원장과 과장이 동시에 목을 움츠리며 입맛을 다시는 것이 보인다.

음, 이 병원에서 유일하게 정상인은 저 여선생밖에 없는 건가. 아니지, 저 여자도 대낮부터 술 처마시고 뻗어 있었잖아? 제기랄, 나만 유일하게 정상인가?

시도 때도 없이 스트레칭을 하는 자신을 모두가 이상하게 생각한다는 건 꿈에도 생각지 못하고 있는 건우다.

오늘 월셋집에 들어가야 한다. 하지만 말년 할머니가 의식을 회복하지도 않았는데 병원을 뜰 순 없다.

할머니 혼자 산소마스크를 쓰고 있는 중환자실 앞을 우두커니 지키고 있는 건우의 눈에 이채가 감돈다.

"아."

수술 종료 두 시간이 지나서야 파르르 떨리는 눈을 뜨는 할머니. 할머니는 아직 시야가 돌아오지 않았는지 미간을 좁히며 주변을 확인하고 있다.

마취가 깨고 나면 순간적으로 수술에 대한 기억이 사라지기도 한다. 고령일 경우, 병원에 왔다는 사실을 잊기도 한다. 여기가 어딘가 싶고, 괜히 무서울 거다.

중환자실이라고 해도 특별한 건 없다. 그저 응급실 한편에 분리된 병실 하나가 있을 뿐. 그래도 나름 음압 병실이다.

말년 할머니가 눈을 뜬 걸 본 간호사가 얼른 달려간다. 목소리가 들리진 않지만 의식이 돌아온 것인지 확인 중이겠지. 쓸모없어 보이는 간호사였는데 정은 많은 사람인가보다.

하긴 어쩌면 저런 사람이 가장 의료인에 적합한 사람일

지도 모르지.

그때 건우의 옆에서 오지선의 목소리가 들려온다.

"뭐 잘못해서 떠밀려 왔어요?"

"……."

의사 가운 주머니에 손을 넣고 옆에 서서 말년 할머니를 보는 오지선의 옆모습이 보인다.

물끄러미 그녀를 보자, 오지선이 고개를 돌리며 물었다.

"뭘 잘못했으니 여기 온 거 아닌가요?"

"그쪽이 알 바 아니지 않습니까?"

"호?"

오지선이 안경을 밀어 올리며 흥미롭다는 듯 건우를 바라본다.

"몇 학번?"

"왜요?"

"연성대 출신 맞죠?"

"맞습니다."

"나 06학번인데."

이 자식이, 후배잖아? 건우가 눈살을 찌푸리며 말했다.

"04요."

"헉."

오지선이 헛기침을 한다.

"흠, 난 원래 선배한테 선배 대우 안 하기로 유명한 사람이라."

그럼 뭐 하러 물어봤냐, 이 여자야. 후배였으면 군기 잡으려고 물어봤으면서.

"상관없습니다."

오지선은 민망한지 잠시 딴청을 부리다 다시 고개를 획 돌려 건우의 얼굴을 자세히 본다.

"어…… 그 사람 맞죠? 시리아, 뉴스에서 떠들어대던 그 의사."

"……."

"맞잖아요, 토크 쇼 출연한 거 언뜻 봤는데."

하, 그런 프로그램에 나가는 게 아니었다. 연예인도 아니고 방송에서 봤다는 소릴 들으니 낯 뜨거워 미치겠군.

아무 말 없이 할머니를 지켜보는 건우. 오지선이 입맛을 다시며 말했다.

"심말년 할머니는 혼자 살아요."

"……."

할머니 성함이 심말년 여사님이었어? 이름 때문에 고생 많으셨겠다. 얼마나 놀림을 받으셨을까?

오지선이 다시 말했다.

"여기 사시는 어르신들 대부분 혼자시죠. 아파도 병원 가라고 챙겨줄 자식들이 다 멀리 떨어져 있거든요."

자식들도 먹고살아야지. 여긴 일할 수 있는 회사도 없어 보이는데. 다 농사지을 순 없잖아? 할머니가 좀 안쓰럽긴 하다.

순간 잠시 심장이 두근거렸지만, 이 정도는 충분히 버틸 만하다.

오지선이 할머니 상태를 살피다 말했다.

"정식 근무는 내일부터니, 오늘은 인사나 하고 가시죠. 각자 방에 있을 텐데."

아, 흉부외과랑 신경외과 의사 두 마리. 긴급수술이라는데 이 코딱지만 한 병원 안에 있으면서도 코빼기도 안 보이던 그 두 놈을 말하는 모양이다.

"마주치면 인사하죠."

오지선이 황당하다는 듯 바라보다 빙긋 웃었다.

"성격 마음에 드네요."

음? 이 여자 변태인가? 말 좀 그만 걸라고 괜히 툭툭거리고 있는데 왜 계속 말을 걸고 그래?

오지선이 습관적으로 안경을 만지며 말했다.

"여기가 여러모로 좀 부족한 곳이에요. 수술할 환자도 거의 다른 병원에 transfer(전원) 하는 형편이죠. 신경외과, 흉부외과 의사가 있으면 뭘 해요, 여기서 그쪽 수술을 할 일이 없는데."

오지선이 기지개를 켜며 웃었다.

"나도 그쪽 덕분에 오랜만에 general anesthesia(전신 마취)

해봤네요. 매번 어디 찢어진 환자 local anesthesia(국소 마취)만 했었는데.”

뭐냐, 전신 마취 환자가 없으면 아픈 사람이 없는 건데 좋은 거 아냐? 이 여잔 변태가 확실하다.

건우가 이상한 표정을 짓든 말든 관계없는지 손깍지를 끼고 기지개를 켜대는 오지선.

“덕분에 나도 이제 술 좀 그만 먹을 때가 됐나 싶기도 하고.”

그건 당신 건강을 위해 그만 먹어야지, 아니 그것보다 왜 나한테 이런 소릴 하는 거야? 말 좀 그만 걸고 할 일 하시죠?

라는 말을 뱉으려는 찰나 복도 저편에서 원장의 웃음소리와 과장의 목소리가 들려온다.

“하하! 하하!!”

“원장님! 이게 그렇게 간단한 문제가 아니라니까 그러시네.”

입원실 문이 열리고 상기된 얼굴의 원장이 활짝 웃는 것이 보인다.

저 양반. 이름처럼 진짜 한가하게 웃고 자빠졌네. 수술 환자 의식이 이제 돌아왔다고. 병원의 유일한 입원 환자인데 걱정을 해야지, 웃고 자빠졌어?

원장은 건우와 오지선을 보고 빠른 걸음으로 달려와 웃

으며 말했다.

“본원에서 또 연락이 왔어요, 하하.”

오지선이 이상한 눈빛으로 물었다.

“본원에서 연락 오는 거 싫어하시잖아요?”

원장이 크게 웃으며 말했다.

“사람을 또 보내주겠다고 하잖아요, 그건 기쁜 일이지 않습니까?”

오지선이 안경을 밀어 올렸다.

“사람을요? 또 누가 뭐 잘못했대요?”

원장이 빙긋 웃으며 말했다.

“글쎄요, 개인 사정까진 모르지만 레지던트 선생 한 분이랑 간호사 두 분이랍니다. 그중 한 분은 무려 PA랍니다! 하하.”

오지선이 의외라는 얼굴로 말했다.

“이런 병원에 PA를 보내준다고요? 수술이 몇 건이나 된다고 수술 전문 간호사가 파견을 와요?”

“글쎄요?”

싱글거리는 원장은 그것까진 자기 알 바 아니라는 듯 어깨를 으쓱한다.

인상을 쓰고 있던 고 과장이 끼어든다.

“아니, 원장님. 저희 병원 경영 상태로는 세 분 연봉 줄 형편이 안 된다니까요?”

"아아, 걱정 말아요. 그건 예정에 없던 파견을 보내는 거라 본원이 70%를 부담해 준다니까."

고 과장의 얼굴이 달라졌다.

"연봉 70%를 부담해 준다고요? 본원에서요?"

"하하, 맞아요."

"오오!! 그럼 괜찮죠!"

"아, 그리고 교육 중인 인턴 선생도 한 명 온답니다."

고 과장이 인상을 썼다.

"인턴이요? 도움도 안 될 텐데."

"그래도 없는 것보단 낫잖아요?"

"그건 그렇긴 한데."

고 과장은 잠시 생각에 잠겼다가 말년 할머니를 보살피고 있는 간호사를 보았다.

"음, 간호장님과 다른 간호사님들도 곧 가족 모두 이사 가신다며 퇴직하신대서 골치 아팠는데. 새 간호사님이 오시는 건 좋긴 합니다만, 여기서 적응하실 수 있을까 모르겠네요."

간호장? 저 아줌마가 간호장이었어? 아니, 뭐 이런 코딱지만 한 병원에 간호장이 있냐? 사람들의 관심에서 멀어진 것이 오히려 기꺼웠던 건우가 구석에 찌그러져 귀만 기울이고 있다.

'음, 간호사 둘. 그것도 한 명은 PA. 확실히 도움은 되겠

네. 근데 이런 시골에서 뭘 배운다고 레지던트랑 인턴까지 보내?'

순간 오지선이 던졌던 질문이 떠오른다.

'뭐 잘못해서 떠밀려 왔어요?'

건우가 머릿속에 떠오른 본원 원무과장과 원장, 이사장의 얼굴에 인상을 쓴다.

'하, 또 뭘 잘못한 인간들이 밀려온 거구나.'

고 과장이 수첩을 꺼내며 물었다.

"미리 정보 좀 알아두게 성함이라도 알려주시죠."

원장이 가운 상의 주머니에서 돋보기를 꺼낸 후 핸드폰을 확인했다.

"어…… 김중곤 선생, 정혜선 선생, 김지수, 이은비 간호사님이라고 쓰여 있네요."

원장이 고개를 돌리며 말했다.

"아, 연락한 김에 병리조직 검사 데이터에 대해도 이야기했는데, 모 선생 도대체 어떻게 크론……."

뒷말은 들리지 않는다. 원장의 입에서 이름들을 듣는 순간 건우의 입에서 욕이 튀어나왔다.

"뭐야, X발?"

갑자기 욕설이 튀어나오자 몸을 굳히고 침묵에 빠진 세

사람.

인상을 잔뜩 쓴 건우가 뚜벅뚜벅 걸어와 원장에게 손을 내밀었다.

"핸드폰 좀 봅시다."

"……예?"

"잠깐 보여달라고요."

"여기……."

원장의 핸드폰에 떡 찍혀 있는 네 명의 이름. 이은비, 김지수가 누군진 모른다. 간호사들 이름까지 외우고 있진 않으니까. 하지만 중곤과 혜선은 안다.

"이 개새끼들이 진짜."

또 욕을 하자, 원장과 과장이 몸을 움찔하며 한 걸음 물러난다. 유일하게 당황하지 않고 건우를 빤히 보는 오지선이 물었다.

"아는 사람이에요?"

굳은 얼굴의 건우가 원장에게 핸드폰을 넘겨주며 차가운 눈빛을 짓는다.

'가만 안 둔다, 본원 새끼들.'

한 시간 후, 깨끗하게 소독된 옷을 입고, 마스크를 쓴 건우가 중환자실로 들어왔다. 홀로 누워 있는 말년 할머니 곁을 지키는 간호사가 반겨준다.

"R(호흡) 분당 14회, P(정상 맥박) 분당 72회, T(정상 체온)는 36.1℃, BP는 110/89㎜Hg입니다."

건우가 중환자실 장비들을 보며 물었다.

"SpO2(혈중 산소포화도)는요?"

"96%입니다, 선생님."

"음, 괜찮네요."

건우가 의외로 갖출 건 다 갖추고 있는 중환자실 장비들을 구경하자, 간호사가 자랑스럽게 말했다.

"중환자실 괜찮죠? 구급 소생 장치, 삽관 절개 기구, 인공호흡 장치, 심세동 제거기, 심장 박동원, 심전계, X선 촬영 장치, 호흡 기능 측정 장치도 다 갖추고 있어요."

음? 뭐야, 병상은 하나뿐이지만 대형 병원 못지않잖아?

"무정전 전원 장치 갖추고 있어요?"

간호사가 크게 고개를 끄덕였다.

"작년에 원장님이 기술자분들 모셔서 만들어뒀어요."

호? 이것 봐라. 이 조그만 병원에 이 정도 수술 시설을 만들었다고? 왜?

아니, 어차피 300병상 이상의 대형 병원에 있는 중환자실만 정식으로 인정받을 수 있으니 중환자실이라고 부를 수도 없는 곳인데 뭣 하러 이렇게 돈을 들였을까? 물론 그

덕에 말년 할머니를 살릴 수 있었지만.

건우가 할머니를 보았다. 다시 잠이 든 건지 아까 눈을 뜨는 걸 봤는데 가만히 눈을 감은 할머니.

간호사가 말했다.

"아직 말씀은 못 하셔요. 그래도 손도 조금씩 움직이시고, 눈웃음도 지으셨어요. 조금 전에 다시 잠드셨고요."

튜브를 물고 있는데 당연히 말을 못 하지, 이 아줌마야.

V/S를 보면 환자 상태를 바로 알 수 있다. 할머니는 현재 꽤 좋은 상태다.

건우가 침상 밑을 쓱 바라보자 눈치 빠른 간호사가 말했다.

"urination(소변)도 잘 나와요."

"얼마나 나왔습니까?"

"수술실 나와서 1회 보셨고, 200㎖ 정도요."

음, 정상 소변량은 회당 300㎖, 하루 1~1.5ℓ 정도지만 환자는 고령에다 방금 수술을 마쳤으니 그 정도면 괜찮은 편이다.

"urination양 줄어들면 바로 콜 하시고요."

"네, 선생님."

음, 이 아줌마 생각보다 아주 세심하게 환자를 관찰해 주고 있다. 수술 순서도 몰라서 도구 이름을 일일이 다 말해줘야 하는 건 짜증 나지만 이런 작은 병원의 간호사 업무는 수술실 밖에 더 많은 법이니까.

"그만두신다면서요?"

간호사는 빙긋 웃으며 답했다.

"네, 가족들이 전부 이사를 가게 됐어요."

"멀리 가시나 봅니다."

"인천으로 가요. 간호사 셋이 전부 저희 집 자매들이라 저라도 여기 남을까 했는데, 어머니가 아프셔서 돌아가며 보살펴야 되거든요."

"그렇군요."

"손이 부족한 병원인데 간호사 셋이 몽땅 나가는 바람에 걱정 많이 했는데 이번에 본원에서 간호사가 두 명이나 충원된다고 하더군요. 정말 다행이죠?"

"……."

건우의 얼굴이 차갑게 굳는다.

그의 표정이 달라진 걸 본 간호사가 조심스럽게 물었다.

"선생님?"

말없이 말년 할머니를 바라보는 건우. 이사장, 원무과장, 홍보실장, 원장의 얼굴이 차례로 떠오르자, 자기도 모르게 주먹을 꽉 쥐게 된다.

마을 이장의 사모가 앞서 걸어가며 쉴 새 없이 입을 놀린다.

“오후에 온다더니 왜 이렇게 늦게 왔어요, 그래? 하루 종일 눈 빠지게 기다렸네. 거기 진흙이니까 조심하고, 이쪽, 이쪽이에요.”

이미 어두워진 밤, 여행 가방을 든 건우가 무표정하게 사모를 따라 시골길을 걸어간다. 병원에서 가까운 곳에 있는 집을 구하려 부동산에 연락하니 이 근처는 부동산이 없단다.

자기들이 보유한 매물이 없으니 이장에게 연락해 보라고 했다. 대신 부동산 계약서는 자신들이 처리해 주겠다고 한다.

포장된 도로에서 약 오십 미터가량을 올라간 곳에 있는 고즈넉한 집.

붉은색 삼 층 벽돌집이다. 300에 50인데 이런 집을 준다고? 와, 시골 생활이 좋긴 좋구나.

건물을 빤히 보고 있는 건우를 보고 미소를 지은 사모가 집 한편을 가리켰다.

“저기, 2층집이에요.”

아, 잠깐이지만 착각했다. 300에 50이면 서울에서 원룸

월셋값인데 삼 층 전체를 쓰게 해줄 리가 없지. 그래도 이게 어디냐? 2층집이라는 건 2층이 독채란 뜻인데. 언뜻 봐도 꽤 넓어 보이잖아?

가방을 질질 끌며 2층에 도착하자, 사모가 문을 열어주며 말했다.

"원래 이 동네가 매매랑 전셋집은 있어도 월셋집은 없거든요. 뭐, 사람이 들어와야 월세를 주지. 이 건물 주인이 우리 시어머니, 동생의 먼 친척인데, 급하게 제주도 내려가서 살게 되는 바람에 전세를 내놨거든요. 근데 집이 하도 안 나가는 거야. 월세라도 괜찮으니 구하는 사람 있으면 주라고 부탁을 하더라고."

그런 것까진 궁금하지 않아, 이 아줌마야. 그리고 시어머니 동생의 먼 친척이면 남 아니냐?

"방이 몇 갭니까?"

"세 개요. 화장실은 하나지만."

방 세 개. 대단하다. 300에 50인데 쓰리룸이라니.

현관 앞에 서서 안을 구경하던 건우가 계단 밖으로 고개를 빼며 말했다.

"1층이랑 3층엔 누가 삽니까?"

"아직 아무도 안 살아, 당분간 총각 혼자예요."

"음."

조용하겠는데? 라는 생각과 주변에 아무것도 없는데 이

집에도 나 혼자면 좀 겁나지 않을까 하는 생각이 동시에 들었지만 생각보다 집이 너무 좋다.

"이 집으로 하죠."

사모의 얼굴이 밝아진다.

"좋아요, 그럼 바로 부동산 아저씨 불러서 계약서 쓰죠. 짐 풀고 있어요."

"부동산으로 안 갑니까?"

"응, 전화하면 오토바이 타고 금방 와요."

음, 그건 편하군.

"알겠습니다."

짐이라고 해봐야 달랑 여행 가방 하나다. 필요한 건 이제 천천히 사야지. 설마 택배는 오는 동네겠지? 아참, 제일 중요한 거.

건우가 핸드폰을 꺼내 배달 어플을 실행해 보곤 인상을 썼다.

"젠장, 배달되는 가게가 하나도 없어? 굶어 죽게 생겼네, 하."

할 줄 아는 거라곤 라면밖에 없는데 큰일이다. 백 선생님 방송이라도 보면서 요리 배워보는 수밖에.

다음 날, 무릉도원 병원.

아침 일찍 병원 문을 열고 들어온 건우를 발견한 고 과장이 반가운 얼굴로 말했다.

"모 선생님, 발령은 오늘이라도 주말이라 정식 출근은 월요일부턴데. 이미 얼굴도 텄는데 오늘은 쉬시지, 풀어야 할 짐도 많을 텐데요."

여행 가방 하나 푸는 데 10분도 안 걸렸다. 애초에 어딜 가도 짐을 많이 들고 다니는 성격도 아니다.

건우가 뚜벅뚜벅 걸어가며 말했다.

"환자 보러 왔습니다, 금방 갈 겁니다."

툭 내뱉듯 말하는 건우를 보고 활짝 웃은 고 과장이 넉살 좋게 따라붙는다.

"저는 말입니다, 여기 병원에 계시는 의료진들이 환자에게만 신경 쓰실 수 있도록 하는 역할도 합니다. 선생님들이 원래 계시던 병원에서 정보를 얻어 싫어하시는 것이나, 좋아하시는 걸 미리 파악하기도 하지요."

그래서 어쩌라고 이 양반아? 건우가 고 과장을 힐끔 보며 입원실 쪽으로 걷기만 한다.

하지만 고 과장은 계속 따라붙으며 입을 놀려댄다.

"그래서 말입니다, 제가 또 본원에도 아는 사람들이 쫙 깔려 있거든요. 모 선생님이 귀환하신 지 얼마 안 되었다곤 하지만 그래도 어디 그렇습니까? 사람 들이는 일인데 신경 써야지요. 미리 선생님 취향을 싹 파악해서 손을 써 두고 있었습니다."

건우가 고 과장을 힐끔 보았다. 뭐, 알아서 잘해준다면 나쁠 건 없다.

"본원에 아는 사람이 제가 뭘 싫어한답니까?"

고 과장이 자신 있는 얼굴로 말했다.

"관리 아저씨께 다 말씀드려놨습니다, 하하!"

응? 관리 아저씨가 왜 나와? 건우가 고개를 갸웃하다 입원실로 가려던 발걸음을 멈췄다. 불현듯 뭔가 떠올랐기 때문이다.

"관리 아저씨께 뭘 말씀드렸는데요?"

건우의 얼굴이 일그러지는 걸 본 고 과장이 손사래를 쳤다.

"아아, 오해하지 마세요. 제가 수집한 정보에 따르면 고양이를 무척 싫어하……. 선생님? 선생님!"

고 과장의 말이 끝나기도 전에 몸을 획 돌려 입구로 달려가는 건우.

젠장, 어쩐지 화단에 아이들이 안 보이더라니. 어디 구석진 곳에 가서 쉬나 보다 했는데! 저놈의 고기만 처먹는 과장이 시키지도 않은 일을!

발이 마음처럼 빨리 움직이지 않는다.

시골에 살아보지 않아 모르지만, 듣기론 시골 사람들은 키우던 개도 잡아먹는다던데. 설마 그 예쁜 아이들을 잡아서 동네잔치를 한 건 아니겠지? 만약 그렇다면 내 오늘 고기만 네놈으로 국을 끓여주마.

건우가 거칠게 정문을 벌컥 열었을 때, 저 멀리 관리 아저씨로 보이는 할아버지의 뒷모습이 보인다. 양손에 든 귀여운 고양이 엉덩이 두 개가 보인다.

"아저씨!"

귀가 어두운지 듣지 못하고 터벅터벅 걸어가는 할아버지. 도대체 아기들을 어디로 데려가는 거야!

"아저씨!"

달려가며 두 번이나 더 부른 후에야 할아버지가 돌아본다. 아무것도 모르는 아기 고양이들이 그의 손에 잡혀 있는 것이 보인다.

숨이 턱까지 차도록 달린 건우가 할아버지 손에서 고양이를 빼앗으며 외쳤다.

"고양이들 어디로 데려가는 겁니까? 예? 다른 애들은 어디 있어요?"

관리 할아버지는 건우를 물끄러미 보다가 저 멀리를 가리킨다. 설마, 벌써 솥 안에 들어가 있는 건 아니겠지?

무서운 눈을 부라리며 그가 가리키는 곳으로 고개를 획

돌린 건우가 맥이 탁 풀린 표정을 지었다.

저 멀리, 주차장 한구석, 할아버지가 생활하는 컨테이너 옆에 나무로 만든 고양이 집이 지어져 있다.

그리고 그 안에 네 마리의 새끼 고양이와 불안한 눈으로 남은 아기들이 잘 오는지 확인 중인 어미 고양이 얼굴이 보인다.

"하……."

뒤늦게 달려온 고기만 과장이 숨을 헐떡이며 말했다.

"아니, 무슨 일입니까, 선생님?"

건우가 손에 들고 있는 두 마리의 아기 고양이를 가만히 바라보는 걸 본 고 과장이 관리 할아버지에게 말했다.

"아이고, 할아버지. 새벽에 말씀드린 건데 아직도 안 옮겨두셨어요? 아이들도 화단보단 제대로 된 집에서 사는 게 좋잖아요. 집은 다 만드셨고? 오, 저기 저건가? 그래요, 저기면 출입할 때 안 보이겠네."

하, 이거였냐. 시골 사람들을 무슨 야만인처럼 생각했던 건우가 민망한 얼굴로 관리 할아버지에게 고양이들을 넘겨준다.

"여기."

말없이 고양이들을 받아 든 관리 할아버지가 넌 뭐냐는 듯 본다.

순간 얼굴이 붉어진 건우가 고개를 꾸벅 숙인다.

"내일부터 이 병원에서 일할 모건우입니다."

수염이 잔뜩 난 60대 후반의 할아버지가 건우를 위아래로 보다 몸을 쓱 돌려 컨테이너 방향으로 향했다.

뭐야, 사람 민망하게 말도 없이 그냥 가버리네. 하긴 초면에 실례를 한 건 자신이니까.

고 과장이 멀어지는 할아버지를 보며 말했다.

"저쪽에 따로 집을 지어달라고 부탁했습니다. 면역력이 떨어진 환자들이 오가는 병원 입구 화단에 저 아이들이 있는 건 아무래도 문제가 되니까요. 고양이를 무척이나 싫어하시는 모 선생님께서는 좀 탐탁지 않으시겠지만 그래도 생명들 아닙니까? 저 정도는 이해해 주실 거죠, 선생님?"

"……."

고 과장이 빙긋 웃으며 그래 줄 거죠? 하는 표정을 짓는다.

"그렇죠?"

"안 싫어합니다."

"예?"

"안 싫어한다고요."

"뭘요?"

건우가 몸을 휙 돌려 병원 방향으로 걸으며 말했다.

"고양이요."

"에?"

고 과장이 이상한 표정을 지으며 올 때보다 더 빠르게 사라지는 건우의 뒷모습을 바라보았다. 어쩐지 무척 부끄러운 것 같아 보이기도 한 발걸음이다.

고 과장이 핸드폰을 꺼내 멀뚱히 액정을 바라보다 실소를 지었다.

"정보가 틀렸나 보네. 뭐, 그럼 고양이들 계속 키워도 되고 좋지 뭘. 룰루~"

고기만 과장은 무척 긍정적인 사람인가 보다.

얼굴이 빨개져서 병원 안으로 들어온 건우가 입술을 일그러뜨린다.

'제기랄, 창피하게!'

이게 다 혜영 이모의 심장 때문이다. 아까 고양이들 이야기를 듣는 순간 심장이 터져 나갈 뻔했었다.

인상을 쓰고 가슴을 꽉 쥔 건우. 그때 여성의 목소리가 들린다.

"어디 안 좋아요?"

깜짝이야, 없던 심장병도 생기겠다! 건우가 고개를 획 돌리자, 입원실 반대편 복도에서 의사 가운 주머니에 손을 찔러 넣은 오지선이 나오고 있는 것이 보인다.

오지선은 건우가 붙잡고 있는 왼쪽 가슴을 눈짓하며 말했다.

"여기 흉부외과 전문의 있어요. 검사해 달라고 하시지."

슬그머니 손을 내린 건우가 무표정한 얼굴로 말했다.

"됐습니다."

옷을 갈아입으러 탈의실로 들어가 버리는 건우.

혼자 남은 오지선이 아무도 없는 로비에서 슬쩍 손을 들어 올린 후 씁쓸하게 말했다.

"좋은 아침, 하하……."

잠시 후 중환자실.

건우가 들어오자 간호사가 얼른 일어나 말했다.

"환자 의식 돌아왔습니다, 선생님."

"V/S는요?"

"괜찮아요, 여기."

밤새 환자 곁을 지킨 모양인지 30분 단위로 V/S 기록값들이 적혀 있는 의무기록을 내미는 간호사.

건우가 값들을 확인 후 다시 넘겨주곤 말년 할머니의 옆으로 가자, 눈으로 건우를 좇는 할머니가 보인다.

"할머니."

"……."

"몇 가지 질문 좀 드릴 거예요. 그냥 고개 끄덕이시거나, 저으시면 됩니다, 아셨죠?"

할머니가 고개를 끄덕인다.

"혹시 할머니 만성 설사 있으셨어요?"

끄덕끄덕.

"혈액성 설사, 그러니까…… 변 보시다 피 나오신 적 있어요?"

할머니가 고개를 끄덕이기 전, 힘이 들어서인지 의자에 앉는 간호사가 빙긋 웃으며 말했다.

"경련성 복통이 주 2회 정도 있었고, 만성 설사에 혈변도 보셨다고 해요. 3년쯤 전부터 식욕이 없고 최근 6개월간 4㎏ 정도 체중이 감소하셨어요."

건우가 살짝 놀란 얼굴로 간호사를 바라보자, 웃음을 지은 간호사가 밖을 눈짓하며 말했다.

"아까 아침에 오지선 선생님이 다 여쭤보고 가셨어요."

건우가 할머니에게 문진을 한 건 크론병의 증상이 있었는지, 있었다면 언제부터였는지 파악하기 위함이었다.

처음엔 간호사가 그걸 알고 증상에 대해 문진한 것으로 오해하고 놀랐었다.

오지선이라면 병의 증상에 대해 알고 있을 테니 물어본 것은 놀랍지 않지만 집도의인 자신보다 먼저 와서 문진을 했다는 점은 놀랍다.

수술실에서 그녀의 실력을 확인한 바 있지만 대낮부터 술을 처마셨던 행동을 제외하고 의사로서의 업무 능력만 따진다면 꽤 괜찮은 의사 같다. 그런 사람이 왜 이런 시골에 박혀 있는 걸까?

"오지선 선생 말입니다."

"네, 선생님."

건우가 간호사를 바라보며 물었다.

"이 병원에 왜 온 겁니까?"

"……."

간호사가 자신의 입을 막는 것이 보인다. 응? 뭐야, 그냥 말 돌리면 되지, 삼류 드라마에 나올 것 같은 그 발연기는 도대체 뭡니까, 아줌마?

잔뜩 당황한 얼굴의 간호사가 급히 주변 물건들을 정리한다.

"아이고, 내 정신 좀 봐. 스테이션 도구 정리를 하나도 안 했네. 선생님, 혹시 잠깐 여기 좀 봐주실 수 있나요? 한 십 분만."

"……."

"부탁 좀 할게요, 금방 올 테니까 잠깐만 봐주세요."

후다닥 나가 버리는 간호사를 멀뚱히 바라보는 건우.

되지도 않을 연기를 하고 나가 버리는 간호사를 보며 뭔가 큰일이 있었나 보다 하는 생각을 잠깐 했지만, 처음부터 그렇게까지 궁금하지도 않았다. 어차피 남 일이니까.

다시 말년 할머니에게로 고개를 돌린 건우가 애처롭게 파르르 떨리는 할머니 눈을 마주 보며 말했다.

"할머니, 수술한 거 기억하죠? 할머니 몸에 있는 장기에 구멍이 났었어요. 그래서 제가 고쳐 드렸고요."

튜브를 달고 있는 할머니가 아주 미미하게 고개를 끄덕인 것이 보인다. 아마 밤새 간호사랑 같이 있으면서 그녀에게 이야기를 들었겠지.

"그런데 할머니 몸에 병이 하나 더 있어요. 그건 고칠 수가 없는 병이라 관리하는 수밖에 없거든요? 지금 본원에 검사 결과 보내놨으니 곧 결과 올 거예요. 그렇게 큰 병은 아니니까 걱정 마시고요, 앞으로 제가 하라는 것만 잘하면 됩니다, 아셨죠?"

할머니가 조금 크게 고개를 끄덕이는 것이 보인다.

건우가 마주 고개를 끄덕인 후 자리에서 일어나 나가려다, 간호사가 할머니를 잠시 봐달라고 했다는 걸 떠올리곤 중환자실 기기들을 구경하며 잡생각에 빠진다.

만약 자신에게 이 눈이 없었다면 어땠을까?

만약 자신에게 이 손이 없었다면 어땠을까?

건우가 자신의 손을 바라보았다. 의외로 너무나 부드럽게 움직이는 자신의 두 손.

'원래 내 손보다 더 빠르고 정확하게 움직였어. 뇌가 일일이 제어하지 않아도 알아서 움직이는 것 같았다.'

심장은 차라리 다른 사람 걸로 해주지. 이왕이면 간담이 큰 사람으로 말이다. 잡생각에 빠져 있던 건우가 실소를 지었다.

'살아 있는 것도 기적이다, 인마.'

누구 심장이든 어떤가? 고양이들 보고 두근거리고, 불쌍한 사람 보면 가슴이 아프면 어떤가? 지금 살아 있다는 것이 중요하지.

시선을 중환자실 기기에 두고 딴생각에 빠져 있다 보니 시간이 금방 지난 모양이다.

자동문이 열리고 또다시 같은 질문을 던질까 두려운 표정으로 머뭇거리는 간호사의 얼굴이 보이는 걸 보니.

더 안 물어, 이 아줌마야. 그냥 물었던 거지, 처음부터 별 관심도 없었거든?

건우가 말년 할머니를 눈짓하며 말했다.

"잘 부탁드립니다."

"예? 아, 네 알겠습니다, 선생님."

건우가 뚜벅뚜벅 걸어 나간다. 유리창에 비친 간호사의 얼굴에 안도감이 피어오르는 것이 보였지만, 됐다. 나랑 뭔 상관이라고. 그럴 시간 있으면 내 앞가림이나 해야지.

오늘 아침 출근을 해보니 집에서 병원까진 걸어서 20분 정도 걸리는 거리였다. 버스를 타려고 했지만 배차 시간도 모르고 몇 번을 타야 하는지도 모른다.

게다가 첫 출근을 한 날 보니, 버스 정류장에서 병원까지 거리도 꽤 된다. 차라리 스쿠터라도 한 대 사는 쪽이 나을 것 같다.

로비에 나와보니 컴퓨터 앞에 앉아 있는 고 과장이 보인다. 아까 일이 생각나 슬쩍 얼굴이 붉어졌지만 모르는 척하는 편이 상책이다.

"여기 스쿠터 파는 가게가 어디쯤 있습니까?"

고 과장이 일어나며 말했다.

"스쿠터 사시려고요? 출퇴근?"

"예."

고 과장이 손을 비비며 다가온다. 아, 그냥 거기서 대답만 하라고 이 양반아.

"하하, 그래요. 이런 시골에선 차보다 스쿠터가 좋죠. 원하시는 모델이 따로 있나요?"

"아뇨."

원하는 모델은 무슨. 스쿠터 회사가 뭐 있는지도 모르는데. 그냥 암거나 타면 되니까 그만 떨어져.

고 과장이 아스팔트의 껌처럼 몸을 붙여대며 말했다.

"아무거나 타셔도 되는 겁니까? 모 선생님같이 젊은 분들은 오토바이도 아주 멋진 놈을 타시는 것 같던데."

건우가 팔꿈치로 자꾸만 붙는 고 과장을 밀어내며 말했다.

"그냥 집이랑 병원 오갈 스쿠터 아무거나 있으면 됩니다."

고 과장이 배를 슬쩍 피해 팔꿈치를 미끄러뜨리며 웃었다.

"하하, 그렇군요. 아, 그럼 이렇게 하시죠. 병원 뒤에 가면 예전에 이 병원에서 일하다 다른 곳으로 가신 선생님이 두고 가신 스쿠터가 있습니다. 그걸 타시면 어떨까요?"

뭐, 상관은 없지. 근데 중고면 좀 깎아주려나?

"얼맙니까?"

"돈을 받다니요? 그냥 타시면 됩니다. 잠시만요."

책상으로 달려가 서랍을 뒤져 키를 찾아오는 고 과장.

"여기 있습니다, 병원 뒤뜰에 하얀색 스쿠터 한 대만 딱 있으니까 찾기 쉬울 겁니다, 선생님."

흠, 고양이 집 만들어준 것도 그렇고, 스쿠터도 공짜로 주고. 심각한 수준으로 지나치게 친절한 것 빼곤 괜찮은 사람이군.

"잘 타겠습니다."

"하하! 모든 의료진들이 의료에만 집중하실 수 있도록 최선의 서비스를 제공하는 것! 그것이 바로 이 고기만이 해야 할 일이죠!"

"……."

귀가 아프다. 말없이 고개만 숙여 보이고 병원 뒤뜰로 간 건우가 생각보다 예쁜 스쿠터 한 대를 보곤 휘파람을 불었다.

모델명이 있었지만 봐도 그게 뭔지 모르는 건우는 그저 고물 오토바이가 아닌, 꽤 예쁜 오토바이라는 점이 무척 마음에 든다.

"50cc네."

원동기 면허증이 없는 이도 자동차 면허만 있으면 탈 수 있는 스쿠터. 친절하게 핸들에 헬멧도 걸려 있다.

그런데 두 개나 있네? 하나는 어디다 두지? 뭐, 집에다 뒀다가 엄마가 오시면 태워 드려야겠다.

헬멧 하나는 쓰고, 하나는 다리 앞에 올려둔 건우가 시동을 걸었다.

"오, 잘 걸리네."

가끔 관리를 해주는 모양이다. 먼지도 그리 많이 쌓이지 않은 걸 보니. 그래도 집에 가서 한번 닦아주긴 해야지.

스쿠터를 몰고 병원을 돌아 나오는 길, 병원 입구를 나오는 인영이 보인다. 뭔지 모를 큰 짐을 들고 있는 오지선이다.

눈을 마주쳤지만 딱히 할 말이 없어 그냥 병원 밖으로 나가려는 찰나, 오지선의 목소리가 들렸다.

"모 선생님."

하, 왜 또 불러. 나 월요일부터 출근이라니까. 오토바이를 멈춘 건우가 물끄러미 그녀를 보자, 오지선이 배시시 웃으며 말했다.

"제가 너~~~무 피곤해서 그런데요. 혹시 버스 정류장까지만 태워주심 안 될까요? 아시다시피 정류장이 좀 멀어서요. 짐도 무겁고."

음, 태워주기 싫은데. 근데 집이 또 버스 정류장을 지나는 곳에 있으니 거절하기도 좀 그렇다.

잠시 고민하던 건우가 뒷자리를 눈짓했다.

"타요."

오지선이 활짝 웃으며 큰 짐을 등 뒤로 맨다.

"고맙습니다! 하, 진짜 피곤했거든요, 저."

그러고 보니 밤을 꼴딱 새운 사람 몰골이다. 생각해 보니 아침에 퇴근한다는 건 밤을 새웠다는 이야기가 되겠지.

음, 병원에 환자라곤 말년 할머니뿐이니 밤새 할머니 곁을 지킨 건가?

생각해 보니 이런 작은 병원엔 중환자실 간호사가 따로 없다. 자신이 수술한 환자였지만 밤새 그녀 곁을 지킨 건 간호사 아줌마와 이 여자다.

생각이 거기까지 미치자 조금 미안해진다. 아무리 출근 전이라고 하지만 자기가 손을 댄 환자인데.

회복은 남의 손에 맡긴다는 건 미안한 일이다. 괜히 헛기침을 한 뒤 앞 좌석에 놓아둔 헬멧을 건네는 건우.

"헬멧."

"아, 네."

오지선이 헬멧을 쓴 후 뒷좌석에 탄다.

그래도 나름 예의는 있네, 허리 안 잡고 뒷좌석 어딘가를 붙잡는 걸 보니. 사실 잡아도 상관은 없다만.

아직 스쿠터가 익숙하지 않은 건우가 천천히 오토바이

를 몰아가자, 뒷좌석에 있던 오지선이 안정감 있는 낮은 속도에 만족한 듯 말을 걸어온다.

"좀 타네요?"

뭘 좀 타, 이 여자야. 지금 시속 15㎞인데. 익숙해지면 그래도 50㎞로는 달려야지. 뛰어가는 게 더 빠르겠다. 그리고 왜 이리 무거워? 아, 이 여자 짐이 무거운 건가?

"그건 뭔데 그렇게 큽니까?"

"아, 이 짐이요? 이거 엄마가 반찬이랑 먹을 것 좀 보낸다고 했는데 이렇게 많이 보냈네요. 엄마 김치가 그립긴 했으니 잘됐죠, 뭐."

순간 침이 입 밖으로 흘러나올 뻔했다. 어젯밤엔 배달되는 곳이 없어 굶었다.

오늘 아침엔 병원에 들렀다가 오토바이를 사려면 어차피 시내에 가야 되니 거기서 한 끼 해결하고 식재료 좀 사서 집에 가려고 했기에 어제 점심 이후로 쫄쫄 굶은 건우는 배가 홀쭉하다.

"무슨 반찬인데요?"

평소 같았으면 절대 하지 않았을 질문. 하지만 지금 건우는 배가 무척 고픈 상태라 듣기라도 하고 싶다.

"음, 오징어, 낙지 젓갈이랑 울 엄마 부추김치랑 배추, 콩잎김치랑 돼지고기 보냈다고 했어요."

하, 맛있겠다. 미치겠네.

"콩잎김치가 뭡니까?"

"음? 고향이 어디예요?"

"서울인데요."

"아, 그럼 모를 수도 있지. 경상도 쪽 김치예요. 말 그대로 콩잎으로 만든 거고. 아주 맛있죠."

"……."

대답을 하면 침이 나올 것 같다. 제길 콩잎김치. 택배로 시키면 올까? 먹고 싶어 미치겠군.

오지선이 고개를 쓱 내밀었다.

"좀 줄까요, 맛 좀 볼래요?"

"……."

"집이 어디예요? 여기서 멀어요?"

"아뇨."

바로 답이 나와 버렸다. 하 쪽팔려.

오지선이 실소를 지으며 말했다.

"어딘데요?"

"저 앞에 버스 정류장 지나서 한 200미터 가면 됩니다."

"안 머네. 그럼 잠깐 집에 들르면 되겠다. 어때요?"

음, 모르는 여잘 집에 들이는 건 처음인데. 아, 같이 일할 사람이니 아는 여잔가? 어쨌든. 하, 몰라. 배가 고파 아사 직전인데 뭘 그런 걸 따지냐.

"좋습니다."

"하하, 반찬 나눠주는 건 전데 뭔가 허락 맡는 기분이네요."

"……."

속도를 올려 집에 도착한 건우가 오토바이 시동을 끄자, 오지선이 집을 보며 휘파람을 분다.

"와, 집 되게 예쁘다."

"월셉니다."

"하하, 저도 월셋집 사는걸요, 뭐. 시내에 살지만. 이런 예쁜 집이 있는 거 알았으면 저도 시내 안 나가고 이 근처 살았을 텐데."

예쁘면 뭐 해, 배달이 안 된다고 이 여자야. 나 굶어 죽겠으니까 빨리 반찬 내려놓고 꺼져.

건우의 시선이 자신의 짐에 꽂혀 있는 걸 본 오지선이 웃으며 말했다.

"몇 층이에요?"

"2층요."

"가요, 덜어줄게요. 돼지고기도 먹을래요?"

자신의 말을 듣지 않는 고개. 이율배반적인 건우의 고개가 마구 끄덕여진다.

평소 태도와 다른 건우 덕에 실소를 입에 건 오지선이 집 안으로 들어가 주방을 쓴다. 빨리 좀 해라, 이 여자야. 나 죽는다.

"반찬 통이 하나도 없네요. 그릇에다 덜어서 랩으로, 아…… 랩도 없네. 그럼 어쩌지."

고민하는 오지선. 빨리 한술 뜨고 싶은 마음밖에 없는 건우가 얼른 물었다.

"밥 먹었습니까?"

"아뇨?"

"그럼 꺼내놓고 같이 먹죠, 뭐."

"오! 그런 방법이! 요 앞에 정원 좋던데, 평상도 있고. 거기서 먹을래요?"

음, 그건 좀 귀찮은데.

오지선이 짐 속에서 가스레인지를 꺼내 보인다.

"엄마가 공기 좋은 곳 있음 가서 구워 먹으라고 이것도 보내줬거든요."

오! 그 말은 돼지고기를 구워준단 거구나! 진즉 말하지, 이 여자가.

벌떡 일어난 건우가 무표정하게 말했다.

"뭐 옮기면 됩니까?"

"하하!!"

오지선이 건우가 하는 짓을 보곤 웃는다.

"귀여운 구석이 있으시네. 그냥 몽땅 들고 나가면 돼요."

짐을 들고 성큼성큼 먼저 걷는 건우. 이제 배가 고프다 못해 아플 지경이다.

30분 후, 정원의 평상에 앉아 멍하게 젓가락을 들고만 있는 오지선의 눈에 비친 건우.

걸신(乞神)들린 사람이 있다면 이런 모습일까? 다 익지 않은 고기를 먹어 버리는 건 물론이고, 입에 있는 것도 다 씹지 않고 마구 반찬을 밀어 넣는 건우 덕에 그녀는 고기엔 손도 대보지 못하고 굽기만 하고 있다.

더 얄미운 건 그러면서도 왜 안 먹냐며 젓가락으로 어서 먹으라는 듯 손짓하는 것이다. 아니, 뭐 익어야 먹지. 거의 생고기나 다름없는 걸 먹으면 어째?

"저기, 이거 돼지고긴데요."

입을 우물거리면서 자신을 보는 건우. 그래서 뭐 어쩌라고? 하는 눈빛이다.

입에 있는 음식물을 다 씹은 후 콩잎김치를 가리키는 건우.

"이게 콩잎김치라는 겁니까?"

"아, 네."

"맛있네요."

개차반 같은 성격의 남자가 엄마 반찬을 칭찬해 주니 평소 다정한 사람의 칭찬보다 더 기분이 좋아지는 것 같다.

오지선은 졸지에 고기 굽기 노예가 된 현 상황을 잠시 잊고 기분 좋은 웃음을 짓는다.

"그렇죠? 우리 엄마, 예전에 식당 하셨어요."

"어쩐지."

"어딜 가나 엄마 밥 생각이 제일 많이 나네요."

엄마 반찬을 한입 먹고 오물거리는 오지선. 그 모습을 본 건우가 슬그머니 젓가락을 내렸다. 너무 배가 고픈 나머지 눈치 없게 남의 엄마 반찬을 다 먹어버린 것이 약간 미안해졌다.

우두커니 오지선을 보던 건우가 손을 내밀었다.

"집게."

"음?"

"집게랑 가위 달라고요."

오지선이 왜 그러냐는 듯 집게와 가위를 넘겨주자, 고기를 굽기 시작하는 건우.

멀뚱히 이 남자가 갑자기 뭐 하는 거지? 하는 눈빛을 보내는 지선을 힐끔 본 건우가 잘 구운 고기 한 점을 내밀었다.

"자."

오지선이 얼른 밥그릇을 내밀자, 그 위에 고기를 올려준 건우가 다시 고기를 굽기 시작한다.

오지선은 기름이 줄줄 흐르는 잘 익은 고기를 멀뚱히 바라보다 싱긋 웃으며 말했다.

"종 잡을 수 없는 분이네요. 어떤 모습이 진짜예요?"

"뭐가요?"

"싸가지 없는 모건우 선생님이랑 다정한 모건우 선생님.

둘 중에 뭐가 진짜냐고요."

"전자요."

"싸가지 없는 쪽?"

"아마도."

"하하, 웃기다."

뭐가 웃겨, 이 여자야. 엄마 말고 내 손으로 고기 구워준 여잔 당신이 처음이야. 영광인 줄 알아.

건우가 구워준 고기를 입에 넣고 씹던 오지선이 물었다.

"원래 그렇게 잘 먹어요?"

"아뇨."

"혹시 굶었어요?"

"예."

"어머, 언제부터?"

"어제 점심 이후로 쭉."

"헐, 진짜요? 엄청 배고팠겠다. 요리해 먹죠, 왜? 아, 어제 도착해서 아무것도 없었겠구나."

오지선은 뚜껑이 열려 있는 반찬 통들을 빠르게 훑어본 후 반쯤 먹은 반찬 통 하나를 들고, 나머지 반찬들을 그곳에 담는다.

"자, 이거 두고 갈 테니까 밥해서 먹어요. 밥할 줄 알아요?"

"아뇨."

"뭐 그렇게 당당해요?"

"못 하는 건 잘못이 아니니까?"

"하하, 밥솥은 있고요?"

"대충 배달해 먹으려고 했는데, 졸지에 밥솥 장만하게 생겼네요."

"왜요, 여기 배달 안 돼요?"

"예."

"아, 그건 좀 불편하겠다."

"대강 라면 끓이면 됩니다."

"냄비는 있고요?"

"……."

"응? 젓가락은, 숟가락은?"

"……."

젠장, 아무 것도 없네. 내일은 시내에 한번 나가야겠다.

묵묵부답인 건우를 보고 고개를 절레절레 젓는 오지선.

"하, 사람 참. 답 없게 사시네."

뭔 상관이야, 설마 굶어 죽겠냐? 밥 줬으니 한 번은 봐준다.

건우가 슬쩍 째려본 후 고기나 먹으라는 듯 오지선의 밥그릇 위에 고기를 놔준다.

"괜찮아요, 제가 구워 먹을 테니 두세요."

"오 선생이 구운 고기 지금까지 내가 다 먹었으니까 이래도 됩니다."

"에이, 그건 호의죠."

"호의 구한 적 없으니 갚아야죠."

"하, 고 과장님이 그러던데, 본원에서도 성깔 끝내주기로 유명했다더니 진짜시네요."

"……."

오지선이 밥그릇을 내려놓고 고개를 갸웃거렸다.

"그런데 또 이상하단 말이죠, 말년 할머니한테는 그렇게 살갑게 굴고. 환자한테만 상냥한 의사, 뭐 이런 건가요?"

건우의 얼굴이 슬쩍 붉어진다. 그건 이 여자야, 심장이 아파서 할 수 없는 거라고.

오지선이 건우의 무릎을 쿡 찌르며 말했다.

"그리고 말이죠."

"……."

"나 다 봤어요."

"뭘요?"

"고양이 소시지 주는 거."

"헉."

건우의 얼굴이 터지기 직전까지 붉어졌다. 오지선이 그런 건우를 자세히 살피며 말했다.

"동물 좋아하는 사람치고 나쁜 인간 없다던데."

"……."

“오늘 보니까 고양이들 집 따로 지어주던데, 선생님이 요청하신 건가요?”

“그건! 고 과장 그 양반이 시키지도 않은 짓을 한 겁니다. 고양이를 내가 언제 싫어한다고 했…….”

말을 하다 멈칫하는 건우. 오지선이 눈웃음을 짓는다.

하, 저렇게 모든 걸 다 알고 있다는 표정으로 웃는 게 제일 싫다.

농담을 하던 오지선은 이제 그만 놀려야겠다 싶은지 무릎을 모으고 밤하늘을 본다.

“아, 좋다. 공기도 좋고, 별도 많이 보이고. 여긴 이게 제일 좋은 것 같아요.”

음? 별? 건우가 하늘을 보자, 밤하늘을 가득 수놓은 별들이 쏟아질 듯 가득하다.

“와…….”

검고, 푸른 눈동자에 별빛을 가득 담은 건우.

이렇게 많은 별들을 본 게 언제였을까? 가장 최근엔 시리아에서였다. 비록 전쟁터였지만 밤하늘의 별들은 참 아름다웠었다.

그리고 조금 오래된 기억. 아마 아빠가 살아 있을 때, 가족 여행으로 제주도에 갔던 때인 것 같다.

아빠 무등을 타고 별을 잡겠다고 허우적거렸었는데. 그러고 보니 그때 이후론 어디 놀러 가 본 적도 없구나. 참

삭막하게 살았다.

오지선이 건우와 함께 하늘을 보다 물었다.

“예전에 질문했었는데.”

“예?”

“여기 왜 왔는지 물어도 돼요?”

별 이야기도 아니다. 하늘을 바라보고 있던 건우가 말했다.

“병원이 하도 양아치 짓을 해대서 반박하다 쫓겨왔죠. 어차피 지방에 발령 나는 건 정해져 있었는데 이런 시골로 오게 된 건 아마 보복성 인사인 것 같고.”

“음, 어떤?”

건우가 병원에서 하는 짓들을 짧게 설명해 주자, 오지선이 연신 인상을 쓴다.

“하, 여전하네요, 그 병원은.”

“문제는 이게 우리 병원만의 문제가 아니라, 많은 대형 병원에서 생기고 있는 일이란 겁니다.”

“음, 맞아요.”

“그쪽은 왜 왔어요?”

“…….”

“아까 간호사님한테 물었더니 말 안 해주던데.”

오지선의 고개가 숙여진다.

음, 괜한 걸 물었나 보다. 누구나 숨기고 싶은 일들이 있으니까.

"안 내키면 말 안 해도 됩니다."

오지선은 머뭇거리다 슬프게 웃었다.

"아뇨, 어차피 병원 식구들 다 아는데요, 뭐. 선생님도 곧 알게 되실 거고."

오지선이 무릎을 모으고 하늘을 바라본다.

"테이블 데스(Table Death, 수술대 위에서 환자가 사망하는 것)."

건우의 고개가 급격히 돌아갔다.

'단순히 이사장이나 원장 눈 밖에 나서 밀려온 게 아니었어?'

의사들은 테이블 데스를 정말 싫어한다. 보호자가 보지 못하는 밀실에서 일어난 죽음은 어떤 방식으로든 의심을 사고, 대부분이 의료 소송으로 이어지기 때문이다.

건우 역시 외과 레지던트 시절, 응급실에서 수술실로 온 환자가 areest(심박 정지) 상태로 온 일이 있었다.

당시 외과 교수는 화가 나 응급실에 전화해 소리를 고래고래 질렀었다.

'야! 이 환자 다시 응급실로 내려.'

'네? 왜요?'

'이렇게 어레스트(arrest:심박 정지) 날 환자를 막 올리면 어쩌자는 거야? 엉?'

'그게 아니고요, 아까 응급실에서는 심장은 멀쩡했다니까요. 이상하네. 갑자기 왜 이러지?'

'멀쩡하던 환자가 어레스트 나는 게 말이 돼? 제대로 확인했어? 응급실에서 멀쩡한 환자가 그럼 왜 수술 방 올라오는 사이에 어레스트가 나는데? 뭔가 중간에 잘못된 게 있으니까 그럴 거 아냐!'

'아…… 아뇨. 전 제대로…….'

'똑바로 말해 이 자식아! 너밖에 누가 또 있어?'

수술실이 쩌렁쩌렁하게 울리는 통화 소리. 화가 난 외과 과장이 수화기를 던지기 전, 버럭 소리를 질렀다.

'이 환자! 만약 사망하면 네가 죽인 거야, 새끼야!'

당시 건우는 외과의 사람이었다. 그때는 당연히 응급실에서 잘못해서 사건이 일어났다 생각했고, 그런 말을 들어도 싸단 생각을 했었다.

'그때 그 레지던트. 나보다 1년 선배였다.'

전화를 받았던 레지던트는 전문의 시험을 볼 때 EM이 아닌 성형외과 시험을 봤다.

레지던트 과정은 응급실에서 하고, 전문의는 성형외과를 땄을 때 사람들은 그에게 손가락질을 했다. 진짜 의사의 길이 아닌 편한 길로 갔다고.

'어쩌면 그때 그 말이 그 선배 마음에 평생 씻을 수 없는

상처가 되었을지도 모르겠다.'

이제 와 생각이 든다. 그때는 왜 몰랐을까? 나는 왜 지금껏 병원의 구성체로만 살아왔을까? 왜 단 한 번도 진짜 의사로 살겠다는 생각을 해보지 않았을까?

상념에 빠져 있는 건우의 귀로 오지선의 목소리가 들려온다.

"아무것도 안 물으시네요."

상념에서 깨어난 건우가 오지선을 바라본다.

"과거는 누구나 있으니까."

오지선이 슬픈 얼굴로 싱긋 웃었다.

"좋은 말이네요."

자신 역시 진짜 의사가 아닌 회사원의 마음으로 기계적으로 출퇴근하며 환자를 돌멩이 보듯 보던 때가 있었으니까.

함께 하늘을 보고 있는 낯선 남녀의 밤이 깊어진다.

월요일, 무릉도원 병원 원장실.

수화기를 들고 있는 원장과 고 과장이 나란히 앉아 있다.

본원에 전화를 건 원장이 말했다.

"예, 저 무릉도원 병원 원장입니다. 심말년 환자 병리조직 검사 결과 때문에 전화드렸습니다, 결과 나왔습니까? 예, 예? 아, 그렇군요. 예, 예. 일단 알겠습니다. 추가 지시 사항 있으면 바로 연락 주세요, 예."

원장이 조금 놀란 얼굴로 통화를 마치자, 기다렸던 고 과장이 물었다.

"뭐랍니까? 오진이래요? 아니 뭐, 오진이래도 환자 처치에 문제는 없었으니 과실은 없는 거긴 한데."

원장이 미간을 좁히고, 턱을 어루만졌다.

"고 과장."

"예, 원장님."

"말년 할머니, 크론병 확실한 것 같아. 그것 때문에 주말에 학회가 열렸대. 희귀 케이스라고 교수들이 말년 할머니 데이터 보면서 이야길 나눴다는군."

고 과장이 손뼉을 쳤다.

"오! 정말이었군요! 다행입니다."

원장이 턱을 문지르며 말했다.

"그런데 모건우 선생이 이걸 어떻게 알아낸 걸까?"

"아이고, 원장님. 지금 그게 중요합니까, 그렇게 알아채기 어려운 병을 확인했다는 건 모 선생이 능력 있는 선생이란 뜻 아닙니까? 우리 병원에 그런 인재가 왔다는 것이 중요하죠!"

"……."

의사가 아닌 고 과장은 그런 부분에 의문을 갖지 않는다.

"거기다, 본원에 알아보니 일련의 상황 때문에 이사장 눈 밖에 나긴 했지만 의료사고나 불미스러운 일은 전혀 없는 선생이었습니다. 실력 있는 선생이 왔다는 건 이 지역 어르신들께 좋은 일 아니겠습니까?"

원장이 떨떠름한 표정으로 고개를 끄덕인다.

"그건 그런데."

고 과장이 신이 나 말했다.

"게다가, 지금 본원에서 보낸다던 레지던트 한 분이랑 인턴 한 분, 간호사 두 분이 내려오고 계시잖아요? 가만, 지금 몇 시지? 아, 한두 시간 후에 오시겠네요. 아차, 내 정신 좀 봐. 손님 맞을 준비를 해야죠! 간호장님이 인수인계 서류 다 만들어두셨나 모르겠네. 저는 나가서 준비 좀 해두겠습니다, 원장님."

코딱지만 한 병원에 환자도 딱 한 명인데 인수인계 서류까지 꼼꼼하게 준비시키는 고 과장. 쓸데없이 오지랖은 넓지만 자기 일은 제대로 하는 고 과장이다.

고 과장이 준비를 하러 방을 나가자, 혼자 남은 원장이 잠시 생각에 잠겼다.

곰곰이 생각하던 그는 잠시 후 일어나 창가로 향했다. 가만히 창문 밖을 바라보던 원장의 눈에 하얀색 스쿠터를 탄 건우가 저 멀리서 나타나는 것이 보이자, 다시 턱을 문지른다.

"음, 크론병을 내시경 검사도 없이 알아냈다, 모건우 선생님. 당신 도대체 어떤 사람인 거요?"

한 시간 후, 고 과장이 입원실 문을 활짝 열며 말했다.

"여기가 무릉도원 병원의 입원실 겸, 응급실입니다. 저쪽은 중환자실이고요. 아, 정식으로 인가받은 중환자실은 아닙니다만, 그래도 있을 건 다 있습니다. 한번 보시죠."

말년 할머니 곁에 있던 건우가 소리를 듣고 고개를 돌리자, 익숙한 얼굴들이 보인다.

벌레 씹은 얼굴을 하고 있는 중곤과 자신을 보고 손을 흔드는 혜선이 보인다. 참, 저 아이는 밝기도 하다.

가만, 옆에 간호사 두 명 뭐야? 지수랑 은비란 간호사가 저 사람들이었어?

안면은 있지만 이름을 몰랐던 건우. 은비는 몇 번 못 봤지만 지수는 응급실에서 자주 마주쳤다.

기록하던 차트를 놓아둔 건우가 중환자실 문을 열고 나오자, 중곤이 허리를 숙이고, 혜선이 달려와 웃는다.

"선생님! 오랜만이죠!"

당장 팔짱이라도 낄 기세의 혜선을 물끄러미 본 건우가

무표정하게 말했다.

"나 여기 금요일에 내려왔다. 이제 월요일인데 뭐가 오랜만이야."

"에이, 그래도 매일 얼굴 보다 며칠 못 봤잖아요."

뭐냐, 이 쓸데없이 밝은 인턴은. 원래 이런 캐릭터였나?

건우가 중곤을 보았다. 허리를 숙였다 펴는 중곤은 똥 씹은 얼굴이다.

그래, 이런 병원까지 밀려왔으면 저런 표정이 맞는데. 인턴이라 아무것도 몰라 그런 건가?

지수와 은비는 별다른 표정 변화 없이 눈인사를 건네온다.

고개만 까딱여 인사를 한 건우가 중곤에게 말했다.

"너 무슨 짓 했냐?"

"……."

순간 장내를 어색한 침묵이 지배한다. 고 과장이 움찔거리다 박수를 친다.

"자자, 병원 식구들한테 미리 공지해놨으니 다들 내려오실 겁니다. 마침 우리 모 선생님도 오늘이 첫 출근이시니 다 같이 인사하면 되겠네요. 기존 간호사님들이 오늘이 마지막 근무시니까 새로 오신 간호사님들께서는 인사 나누신 후에 바로 인수인계 부탁드립니다."

고 과장이 환기를 시켰지만 여전히 분위기는 나아지지 않는다.

질문을 던진 건우가 중곤을 계속 바라보고 있고, 중곤은 그의 눈을 피하고 있기 때문이다.

괜히 하하하며 웃기도 하고, 남들 다 아는 기계들에 대해 설명하던 고 과장의 등에 식은땀이 흐를 무렵, 드디어 입원실 문이 열리며 원장이 남자 의사 두 명과 지선을 데리고 들어왔다.

고 과장이 얼른 달려가 말했다.

"자! 여기 이쪽 분이 머리숱은 부족하시지만 대신 인덕이 풍부하신 우리 한가한 원장님이십니다. 내과의사시니, 내과에 관한 문제는 원장님께 직접 상의하시면 됩니다."

건우와 마찬가지로 새로 온 사람들 모두, 원장의 이름을 듣고 황당한 표정을 지었다.

원장이 간단히 환영 인사를 건네자 고기만 과장이 스스로를 가리키며 말했다.

"저는 이 병원의 원무과장 겸, 경영관리 과장 겸, 총무과장인 고기만입니다, 고 과장이라고 부르시면 됩니다."

이번에도 특이한 이름에 사람들의 표정이 멍해졌다.

이런 일이 익숙한지 손바닥을 비빈 고 과장이 170㎝가량에 마른 체형을 가졌고, 무척 날카로운 인상의 남자 의사를 가리키며 말했다.

"흉부외과 장치영 선생님이십니다. 선생님, 인사하시죠."

장치영은 가는 눈매로 사람들을 쓱 본 후 까딱 고개만

숙이고 물러난다.

건우는 자기도 저런 식으로 인사해 놓고 남이 저러니 인상을 쓴다.

저런 싸가지 없는 새끼를 봤나. 금요일부터 병원에 있었는데 코빼기도 안 보이더니. 일을 하긴 하는 거냐?

고 과장은 장치영의 태도가 익숙한지 어색하게 웃으며 오지선을 가리켰다.

"마취의 오지선 선생님이십니다."

오지선이 한 걸음 나오며 고개를 숙였다.

"안녕하세요, 다들 잘 부탁드립니다."

사람들이 마주 허리를 숙인다. 음, 저 여잔 그래도 기본 싸가지는 장착했군. 반찬 나눠줄 때 알아봤지.

고 과장이 얼굴이 하얗고 키가 190㎝는 되어 보이는 남자를 가리켰다.

"이쪽은 신경외과 이지훈 선생님이십니다."

키는 크지만 마르고 배가 나온 체형. 얼굴이 무척 하얗고 순한 얼굴의 이지훈이 긴 허리를 숙였다.

"이지훈입니다, 잘 부탁드립니다."

사람들이 인사를 나누자, 고 과장이 다시 손바닥을 비빈다.

"자자, 친해지는 건 천천히 하시고, 김지수, 이은비 간호사님? 저와 함께 가시죠. 아까 말씀드렸다시피 간호사님들쪽 인수인계가 급해서요."

지수와 은비가 고 과장의 뒤에 서자 그가 건우에게 말했다.

"모건우 선생님은 김중곤 선생님과 정혜선 인턴 선생님의 안내를 맡아주시겠습니까? 서로 안면 있으시니 아무래도 편하시겠죠? 부탁 좀 드리겠습니다."

이런 콩알만 한 병원에 안내할 게 뭐가 있다고.

건우가 일단 고개를 끄덕이자, 다시 손뼉을 친 고 과장이 말했다.

"자, 그럼! 각자 일하러 가 보시죠!"

할 일이 뭐가 있냐, 환자는 말년 할머니밖에 없고, 아침에 외래 오는 환자 한 명도 없었는데.

하지만 다들 뭐가 바쁜지 각자의 방으로 흩어진다.

원장 선생만 심각한 눈으로 자신을 빤히 바라보는 것이 보인다. 저 사람이 왜 저러지? 평소처럼 그냥 한가하게 농사짓는 아저씨들 집 가서 고기나 드시지.

중곤과 혜선, 건우만 남고 모두가 흩어지자, 원장이 말을 건다.

"모건우 선생님."

"예."

"말년 할머니 말입니다, 크론병이 맞는 것 같답니다."

"……."

하, 이제 또 어떻게 알았냐고 하겠지? 눈에 대해 설명할 수 없으니 뭐라 변명을 해야 할 텐데. 수술과정을 지켜본 오지선이 있었으니 거짓말도 할 수 없다.

원장은 가만히 눈을 피하는 건우를 바라보다 말했다.

"선생님 덕분에 할머니가 제대로 치료를 받을 수 있게 됐군요. 수고했습니다."

음? 아무것도 안 물어? 웬일이지? 원장은 말년 할머니를 한 번 살핀 후 자신의 방으로 돌아갔다.

가만히 원장을 바라보던 건우가 강아지같이 똘망똘망한 눈빛을 빛내는 혜선을 쓱 보고 한숨을 쉬었다.

"정혜선 선생."

"네, 선생님!"

"저기 김중곤 선생 표정 보이나?"

"네……."

"너도 저런 표정을 짓고 있어야 할 타이밍인데."

"……."

"둘 다 따라와."

잠시 후 병원 밖 주차장에서 중곤을 통해 어떤 일이 있었는지 설명을 들은 건우가 와락 인상을 구긴다.

"그래서, 단지 간호사 스테이션에서 그런 이야길 했다는 이유로 여기까지 보냈다는 거냐?"

중곤이 쓴웃음을 지으며 고개를 끄덕였다.

"예, 선생님."

하, 이 새끼들의 양아치 짓이 점점 도를 넘고 있다. 물론 사내에서 번지는 소문은 무섭다. 그렇기에 초기에 잘 진압해야 한다.

하지만 그건 사람이 알아듣게 설명을 하는 작업을 통해야 한다. 이렇게 반발한다고 다 내치는 건 공포정치다.

사람들은 이번 인사를 보며 입조심해야겠단 생각을 할 것이고, 그렇게 이번 일은 시골 병원으로 떠밀려 갈 수 있다는 공포로 인해 조용히 묻힐 것이다.

저 멀리 관리 할아버지 숙소 옆에 있는 고양이들에게 달려가 쪼그리고 앉아 있는 정혜선이 보인다. 정말 이해할 수 없는 캐릭터다. 뭐가 저리 좋을까?

레지던트와 인턴은 많은 경험을 하고, 공부를 해야 한다.

하루에 환자 한 명 올까 말까 한 이런 병원에서 무슨 경험을 쌓겠는가? 그나마 김중곤은 이해할 수 있지만 인턴을 보내는 건 도무지 이해할 수가 없다.

중곤이 쓰게 웃으며 말했다.

"혜선이는 인턴 끝날 때까지만 있다 올라갈 겁니다."

음, 그건 다행이군. 그래서 저렇게 걱정 없는 표정이구나?

"넌?"

중곤이 어깨를 으쓱했다.

"전 기약 없죠."

하, 결국 내 생각에 동조했다가 이 꼴을 당했다는 건데.

중곤이 괜찮다는 듯 말했다.

"여긴 좀 한가하죠? 피곤했는데 좀 쉬어가며 전문의 시험공부나 하죠, 뭐. 남들보다 시간이 많으니 점수는 잘 나오겠죠? 하하."

괜히 건우가 미안해할까 싶어 긍정적인 면만 이야기하는 중곤이 병원 건물을 둘러보며 물었다.

"이 병원은 어떻습니까?"

"몰라."

"예?"

"나도 오늘부터 출근이다."

"아까 들어보니 수술도 한 건 하셨다던데."

"그건 어쩌다 보니 그렇게 된 거고."

"음, 병원 규모에 비해 사람이 모자라네요. 그래도 과가 네 개나 있는데 간호사가 지수 씨랑 은비 씨뿐이란 것도 좀 그렇고. 더 구해줄까요?"

건우가 팔짱을 끼며 말했다.

"병원 꼴을 봐라. 환자가 없는데 무슨 돈으로 사람을 쓰냐?"

"음, 그것도 그러네요."

"아까 말한 것처럼 공부나 해. 집은 구했고?"

"부동산이 없더라고요, 알아보니 동네 이장한테 가 보라던데. 미리 전화는 드렸습니다."

건우가 혜선을 눈짓하며 말했다.

"쟤는?"

"당분간 지수 씨랑 은비 씨와 함께 산답니다. 세 사람이 죽이 잘 맞거든요."

"가급적 시내에 집 구해라."

"예? 거긴 멀잖아요."

"여기 배달 안 된다."

"헉."

건우가 놀라는 중곤을 보며 물었다.

"너도 라면밖에 못 끓이지? 딱 관상이 그런데."

"어, 어떻게 아셨습니까?"

"나도 그렇거든."

"……."

말을 잃은 중곤을 보며 뭔가 혼자 당하지 않았다는 통쾌함을 느끼는 건우.

잠시 딴 길로 생각이 샜던 건우가 병원 건물을 바라보며 말했다.

"여기 의사들 말이야, 다들 뭔가 잘못하거나 이사장 눈

밖에 나서 떠밀려 온 것 같다. 우리처럼 말이지."

중곤의 표정이 살짝 굳어졌다.

"아까 오지선 선생님 계신 거 보고 눈치챘습니다."

건우가 놀란 얼굴로 물었다.

"알아?"

중곤이 침을 삼키며 고개를 저었다.

"아뇨, 직접 아는 건 아니고 윤리위원회 시행할 때 먼발치에서 봤습니다."

"윤리위원회? Table Death 때문에?"

중곤이 놀란 얼굴로 되물었다.

"선생님도 알고 계셨습니까?"

"자세히는 모르고."

중곤이 주변을 두리번거린 후 낮은 목소리로 말했다.

"오지선 선생님의 원 근무지는 본원이 아니었습니다."

당연히 그럴 거라 생각했다. 오지선은 06학번. 04학번인 자신과 2년 차면 본원에서 한 번쯤은 마주쳤을 것이다. 하지만 한 번도 본 적이 없다.

중곤이 말을 이었다.

"부산 연성대 병원 마취과 소속이었습니다. 레지던트 3년 차에 치프 후보가 될 만큼 실력도 괜찮았다고 합니다. 하지만 CS(흉부외과) 수술 중 환자가 사망했고, 그 일로 윤리위원회에 소환되었습니다. 당시 환자 보호자가 의료 소송도 했고요."

건우가 얼굴을 굳혔다.

"집도의는?"

"CS 교수였답니다."

"음."

뭔가 냄새가 난다. 수술의 집도의는 CS의 정교수. 수술 중에 환자는 사망했다.

과연 대형 병원은 유능한 교수와 이제 막 레지던트 3년차가 끝나는 별것 아닌 마취과 의사 중 누구를 살리려 했을까?

"그 교수는 어쩌고 있지?"

"제가 알기론 마취의 쪽에 책임이 있다는 결론이 나 기존 병원에서 그대로 근무 중인 걸로 압니다."

마취의의 실수가 있어 환자가 사망했다. 물론 충분히 있을 수 있는 일이다.

수술실 안에 있는 이는 누구 하나 중요하지 않은 이가 없다. 한 사람이라도 실수를 할 경우 그것은 환자의 사망과 직결될 수 있다.

하지만 집도의는 수술을 리드하는 선장이다. 누가 실수했든 간에 어느 정도의 책임을 져야 한다.

만약 교수직에서 사임했다면 이해가 되지만 그대로 근무하고 있다고? 이건 좀 이상하다.

건우가 손가락을 코 밑에 가져가며 인상을 썼다.

"냄새가 나."

중곤이 눈을 동그랗게 떴다.

"예?"

"아주 고약한 냄새가 나."

중곤이 자기 겨드랑이 냄새를 맡아본 후 민망한 얼굴로 머리를 긁는다.

"빨래를 잘못 말렸나 봅니다."

"너 말고, 인마."

저녁 7시, 대부분의 병원 인력이 퇴근했다. 말년 할머니가 입원해 있긴 하지만 어차피 신경외과 이지훈이나 흉부외과 장치영은 비상 상황 발생 시 도움이 안 되고, 중곤의 일행은 오늘 도착했기에 집을 구하고 짐을 풀어야 한다.

혼자 남았을 거라 생각했던 건우가 중환자실 문을 열고는 의외의 인물을 보고 눈을 빛냈다. 오늘 첫 출근을 한 간호사 지수가 할머니 곁을 지키고 있었기 때문이다.

"퇴근 안 했습니까?"

지수가 마스크 쓴 얼굴로 돌아보며 말했다.

"눈앞에 환자를 두고 어딜 가겠어요."

음, 그건 그렇긴 한데.

“오늘 내려오셨잖아요? 짐도 푸셔야 하고 집도 구해야 될 텐데.”

“은비랑 혜선 선생님이랑 같이 살기로 해서 둘이 알아서 하기로 했어요. 집에 갈 때 주소 찍어주겠죠.”

아, 셋이 같이 산다고 했지. 그럼 한 명쯤은 남아도 괜찮지. 나도 편하고 말이야.

건우가 말년 할머니를 눈으로 살핀 후 물었다.

“V/S는요?”

“모두 정상치입니다, 정맥 영양 공급 중이고요. 크론병 환자라면서요?”

음, 이 사람은 본원에 있을 때도 느꼈지만 노련한 간호사 같다. 나이도 젊은 것 같은데 응급실 간호사라 그런 걸까?

건우가 자신을 보는 할머니가 손을 내미는 걸 보곤 지수를 힐끔거렸다. 멀뚱히 그 모습을 보던 지수가 어느 순간 움찔하더니 후다닥 일어난다.

“선생님 계시니까 전 잠깐 화장실 좀 다녀와도 될까요?”

“그러세요.”

지수가 도망치듯 자리를 피해준다. 저 간호사가 갑자기 왜 저러지?

가운에 손을 찔러 넣은 무심한 자세로 지수가 나가는 걸 지켜보던 건우는 문이 닫히고, 창문 밖으로 보이는 지수가 사라지자마자 얼른 할머니 곁에 앉아 손을 꼭 잡아준다.

"할머니, 좀 어때요?"

할머니의 쪼글쪼글한 눈매에 웃음이 그려지는 듯하다. 괜찮다는 듯 고개를 끄덕거리는 할머니. 가슴이 또 두근거린다. 할머니가 많이 아팠겠지?

"할머니, 며칠은 참으셔야 돼요. 튜브 떼려면 한 삼 일? 그 정도만 참으세요. 바로 식사는 못 하시겠지만 그때가 되면 답답한 튜브는 없애 버릴 수 있어요, 아셨죠?"

할머니가 다시 고개를 끄덕이며, 잡고 있던 손에 살짝 힘을 준다. 나는 괜찮다, 네 덕에 이제 아프지 않다. 그렇게 말하고 있는 듯하다.

할머니의 얼굴에서 아빠의 얼굴을 본 건우가 눈시울을 붉혔다. 아무리 할머니 앞이라도 우는 모습을 보일 순 없지. 고개를 돌리고 슬쩍 눈물을 훔치는 건우.

따뜻한 마음의 의사와 그를 믿는 환자가 있는 중환자실에 훈풍이 분다.

중환자실 밖 복도 끝. 화장실로 가는 코너를 도는 기둥 뒤에 지수가 숨어 중환자실을 바라보고 미소 짓는다.

"역시, 사람들 앞에서 창피해서 그런 거였어. 사실은 마음 따뜻한 사람이면서, 하하."

지수가 도망치듯 중환자실을 빠져나온 이유는 건우의 그런 면을 눈치챘기 때문이었다.

사람을 대할 땐 툭툭 아무 말이나 내뱉는 것 같지만 환자를 대할 때만은 다른 의사. 그것이 지수가 최종 평가한 건우의 모습이다.

흐뭇한 모습에 조금 더 시간을 보내다 들어가야겠다는 생각을 하던 지수가 이번엔 정말 화장실을 가려고 뒤로 돌았다가 눈앞에 보이는 흰 가운에 멈칫한다.

"누가 마음 따뜻한 사람이에요?"

놀란 지수의 눈앞에 안경을 쓴 오지선이 서 있다.

"아, 선생님."

오지선이 씩 웃으며 손을 내민다.

"아까 인사드렸는데 이름 기억 안 나시죠? 오지선입니다."

"죄송합니다, 김지수입니다."

"에이, 딱딱하게 왜 그래요, 몇 살이에요?"

"저 스물일곱인데요."

"내가 한참 언니네. 언니라고 불러요, 그냥."

"네?"

간호사와 의사 간에 언니 동생이라 부르는 건 병원의 금기다. 의사들끼리도 동기가 아니면 서로 선생님이란 호칭을 하는 것이 통상적인 룰이기 때문이다.

"그, 그건 좀."

"하하, 하긴 오늘 막 내려오셨는데 내가 너무 앞서갔나요? 그건 나중에 차차 해결해 보죠."

오지선이 몸을 내밀어 복도 코너 밖으로 고개를 내밀며 물었다.

"그런데 누가 마음 따뜻…… 아, 모건우 선생님이구나?"

오지선이 빙긋 웃으며 뒤돌았다.

"혹시 지수 씨도 비밀 알아요?"

지수가 눈을 동그랗게 떴다.

"무슨 비밀이요?"

오지선이 눈을 초승달처럼 바꿔 웃으며 건우 쪽을 가리켰다.

"고양이의 비밀."

"아."

"오? 알아요?"

지수가 주변을 두리번거린 후 속삭였다.

"모건우 쌤이 사실은 고양이를 좋아한다는 거요?"

"오오! 아시네!"

"하하, 출근 첫날, 병원 앞에서 봤어요."

"그래요? 본원에서도 그랬다고요? 어디 이야기 좀 해봐요."

"그게 말이죠……."

첫 만남부터 모건우라는 공통점으로 수다 삼매경에 빠진 두 사람. 어쩐지 서로 죽이 잘 맞을 것 같다.

다음 날.

아침 7시부터 혼자 병원에 온 은비가 지친 얼굴로 병원 문을 열자, 로비에 있던 고 과장이 책상 아래에서 뭔가를 치우다 고개를 든다.

"어? 은비 씨, 벌써 출근해요? 아직 출근 시간 아닌데?"

은비가 피곤해서 퉁퉁 부은 눈을 비비며 입원실을 가리켰다.

"지수가 밤새웠잖아요, 교대해 주려고요."

고 과장이 미안한 얼굴로 말했다.

"간호사님이 두 분뿐이라 죄송합니다, 빠른 시일 내에 사람 구할게요. 지금 공고 올려놨는데 지원자가 없네요."

"하하……."

이런 병원에 올 간호사가 있을 리 없잖아요? 라고 말할 뻔했다.

은비가 대충 고개를 끄덕이곤 입원실 문을 열자, 멀리 중환자실의 창문 안으로 지수가 보인다.

"엄청 고생했겠네. 빨리 집에 가서 자라고 해야겠다."

은비가 입원실로 걸음을 옮겼다가, 문 바로 옆 정수기에서 물을 마시고 있던 건우와 눈을 딱 마주쳤다.

"어."

"……."

순간 당황한 은비가 인사도 없이 놀란 얼굴이 되어 있자, 건우가 고개를 까딱한다.

그제야 은비가 허리를 푹 숙이며 인사한다.

"죄송합니다, 선생님! 안녕하세요!"

"예, 집은 구했습니까?"

"네, 이장 사모님이 좋은 집을 소개해 주셔서요."

"그렇군요."

간호사가 어디 살든 크게 상관없다. 종이컵을 들고 몸을 돌린 건우. 하지만 한 걸음도 옮기기 전에 불현듯 든 생각에 발걸음을 멈춘다.

휙 고개를 돌린 건우가 은비에게 물었다.

"이장 사모님이 소개를 해줘요? 그 집, 어떻게 생겼습니까? 아파틉니까?"

은비가 왜 그러냐는 표정으로 머뭇머뭇 말한다.

"여기 아파트가 어디 있다고……."

"주택? 몇 층 건물입니까?"

은비가 손가락 세 개를 편다. 점점 불안감이 치밀어 오른다.

"몇 층 쓰십니까?"

"저, 왜 그러시는지……."

"몇 층에 세 들었냐고요."

"3층인데요…… 1층이랑 3층 비었다고 해서 중곤 쌤이 1층 쓰시고 저희가 3층 써요. 2층이 좋은데 이미 누가 들어와 살고 있다고 하더라고요. 며칠만 빨리 왔으면 저희가 쓸 수 있었는데. 아쉽죠?"

건우의 얼굴이 굳었다.

"혹시 버스 정류장 지나서 좀 내려간 후에 오른쪽 오르막길로 쭉 올라가면 있는 그 집입니까? 정원 있고, 앞에 평상도 있는 그 집."

은비가 놀라며 물었다.

"오? 선생님도 그 집 보셨어요? 어떻게 아세요?"

건우가 이마를 탁 짚었다. 제기랄, 집은 편안해야 되는데 이 사람들이랑 전부 한 건물에 산다고? 하, 귀찮은 일이 잔뜩 생길 것 같다. 게다가 정혜선. 그 똥꼬발랄한 인턴이 엄청 귀찮게 할 것 같은 불안한 기분이 든다.

"미치겠군."

"예?"

"아닙니다."

"……."

건우가 몸을 돌려 가버리자, 혼자 남은 은비가 입술을

삐죽거렸다.

"뭐야, 자기 할 말만 하고."

콧방귀를 날려준 은비가 얼른 중환자실 복장으로 갈아입고, 소독을 한 후 방으로 들어갔다.

"지수야, 얼른 집에 가서 자."

"어, 벌써 왔어?"

"뭘 벌써 와. 아침 일곱 신데. 빨리 가서 자. 너 엄청 피곤해 보여."

"응…… 집은 구했어?"

"어, 그때 사진으로 미리 봤던 그 집 있잖아. 거기로 했어. 3층이야. 주소 핸드폰에 보내놨고."

중환자실에는 핸드폰을 가지고 들어올 수 없기에 아직 확인 못 한 모양이다.

지수가 마른세수를 하며 일어났다.

"여기서 멀어? 버스 타야 되나?"

"음, 버스 타긴 좀 애매하고 걷기는 좀 멀고 그렇더라. 선생님들이 다 차가 없으셔서 당분간 걸어 다녀야 할 것 같아."

"어떻게 가?"

은비에게 한참 집에 가는 길을 들은 지수. 시골이라 복잡한 길이 없어 찾아가기 별로 어렵지 않을 것 같다.

은비와 교대한 지수가 옷을 갈아입은 후 병원 문을 열었다가, 눈부신 아침 태양에 인상을 쓰고 고개를 돌린다.

스무 살 무렵, 게임에 빠져 살 때 PC방에서 밤을 새우고 나오면 꼭 이런 기분이었다. 버젓한 직장에 들어가면 이런 일은 안 겪을 거라 생각했는데 간호사로 사니 어릴 때보다 더 자주 이런 일을 겪는다.

"아, 피곤해."

같은 시각, 병원 뒤에 주차해 둔 스쿠터의 시동을 건 건우의 마음은 복잡하다.

'조용해서 좋았는데. 평화가 며칠 가지도 않네, 아오.'

스쿠터를 몰고 병원 정문 쪽으로 가던 건우의 눈에 병원 앞에서 늘어져라 기지개를 켜고 있는 지수가 보인다.

'아오!'

스쿠터는 소리가 난다. 병원 정문으로 나가기 위해선 저 여자 옆을 스쳐 가야 한다. 분명 그 모습을 볼 것이고 집에 가서 같은 건물에 자신이 있는 걸 보면 뒤에서 무슨 욕을 해대겠는가?

인상을 와락 구긴 건우가 한숨을 쉬었다.

"타요."

기지개를 켜던 지수가 갑자기 들려온 소리에 화들짝 놀라 돌아본다.

"네?"

건우가 짜증 난다는 얼굴로 헬멧을 내밀었다.

“타라고요.”

“어, 어디 가시게요?”

“집.”

“서, 선생님 집이요?”

“하, 그냥 타요.”

머뭇거리는 지수. 자신 앞에 내밀어진 헬멧을 물끄러미 보던 지수가 갑자기 배시시 웃는다.

“혹시 집에 태워다 주시려고 그러시는 건가요?”

“뭐 비슷합니다.”

지수가 활짝 웃는다.

‘역시! 따뜻한 사람!’

지수가 얼른 건우의 뒷좌석에 탄다. 건우가 묵직하게 전해지는 한 사람의 무게에 고개를 갸웃거린다.

‘오지선 선생보다 무겁나? 아닌가?’

뭐 남의 몸무게 가늠해서 뭐 하겠냐? 졸려 죽겠는데 가서 잠이나 자야지.

스쿠터를 몰아 5분쯤 가자 금방 도착한 집.

지수는 코끝을 스치는 바람에 기분 좋음을 느끼다 주소도 말해주지 않았는데 자기 집을 알아서 찾아온 건우를 이상한 눈으로 본다.

“선생님? 아, 중곤 쌤이 말씀해 주셨나요?”

"뭘요?"

"집이요."

"여기 내 집이기도 합니다."

"……."

건우가 스쿠터를 주차한 후 터벅터벅 걸어 이 층으로 올라가는 걸 우두커니 본 지수의 눈이 커진다.

"모 선생님도 여기 사신다고?"

바깥에서 보이는 외부 계단으로 올라간 건우가 짜증스러운 얼굴로 이 층 문을 열고 사라지는 것이 보인다.

"뭐…… 상관은 없긴 한데."

그때 이 층 문이 벌컥 열리며 건우의 얼굴이 다시 드러난다. 외부 계단에서 고개를 내민 건우가 물었다.

"혹시 요리 좀 합니까?"

지수가 갑작스러운 질문에 당황한다.

"그, 그냥 기본적인 건 할 줄 아는데요."

"원래 자취했어요?"

"네, 원래 집은 대전이라서요."

"밥솥은?"

"가져왔는데요."

"반찬은?"

"이사하고 어수선할 것 같아서 미리 좀 만들어뒀어요. 은비가 냉장고에 채워놨을 건데."

갑자기 건우가 웃는다. 뭐지? 저 사악한 웃음은? 짜증을 내던 건우가 갑자기 손을 흔든다.

"피곤할 텐데 어서 주무시죠, 푹 쉬세요."

"네? 아, 네…… 서, 선생님도요."

뭐지? 하는 표정의 지수를 뒤로하고 돌아선 건우가 빙긋 웃는다.

'활용도가 있다면 마냥 짐 덩어리는 아닌 거지.'

건우가 무슨 사악한 생각을 하는지 알 리 없는 지수만 멍하게 건물 앞에서 이 층을 올려다보고 있다.

다시 시간이 흘러 저녁 일곱 시 반.

퇴근을 한 중곤과 혜선이 집 쪽으로 걸어 올라온다. 혜선은 시골의 정겨운 길이 좋은지 마냥 웃으며 걷고 있고, 중곤은 그런 혜선을 신기한 눈으로 보고 있다.

"뭐가 그렇게 좋아?"

혜선이 나뭇잎을 만지며 웃었다.

"저 시골에서 살아보는 거 처음이거든요. 놀러 와본 적은 있지만."

"잠깐 놀러 온 거나 마찬가지잖아? 정 쌤은 곧 올라갈 건데."

"아, 그냥 여기 계속 있고 싶다."

"……."

순간 이 인턴이 미친 건가, 하는 얼굴이 된 중곤.

혜선이 걸어온 길을 돌아보며 말했다.

"오늘도 감기 걸린 할아버지 한 분이랑, 체한 할아버지 한 분밖에 환자가 없었잖아요. 솔직히 본원은 너무 바빠서 싫어요. 이렇게 한가한 곳이 좋지. 헙!"

혜선은 자신과 대화하고 있는 것이 레지던트 선배라는 것을 잠시 잊었는지 속마음을 말해 버렸다가 자기 입을 막고 눈치를 본다.

중곤이 실소를 지으며 말했다.

"인턴 때 경험 많이 안 쌓으면 나중에 진짜 후회한다, 정쌤?"

말해놓고도 웃기다. 사실 중곤은 인턴 때의 경험이 아무것도 아니라고 생각하는 사람이다. 레지던트가 된 후에 쌓이는 것이 진짜 경험이고 인턴 때 쌓아야 할 것은 눈치다.

어느 곳에 서 있어야 하는지, 내가 지금 이 순간 뭘 해야 되는지를 파악하는 것. 그리고 그것들을 가장 잘해낼 자신이 있는 부서에 지원하는 것이 인턴 때 해야 할 일이라 생각하는 자신이 틀에 박힌 말을 해버렸다.

혜선이 고개를 꾸벅 숙여 죄송하단 표현을 해 보인 후 갑자기 코를 킁킁거린다.

"음? 선배님, 어디서 고기 냄새 안 나요?"

그러고 보니 조금 전부터 고소해서 참을 수 없는 냄새가 났다. 인근에 식당은 없고, 어느 가정집에서 잔치를 하는 모양이다.

얼마나 구워대길래 주변에 인가도 보이지 않는 여기까지 냄새가 나는 걸까? 하, 그러고 보니 엄청 배가 고프다.

"배고프다, 빨리 집에 가서 밥 먹자고. 정 쌤, 요리할 줄 알아?"

"아뇨?"

"뭐냐, 그 당당함은."

"헤헤, 지수 씨가 요리 잘한대요. 난 그냥 얻어먹으라고 하던데. 대신 식비는 좀 더 내고요."

"음, 그래? 지수 씨 너무 힘들지 않게 하고."

"네, 선배님."

빠른 걸음으로 집으로 가던 두 사람은 집 앞 정원에 펼쳐져 있는 풍경을 보곤 발걸음을 멈춰야 했다.

멍한 얼굴이 된 중곤이 중얼거렸다.

"모건우 선생님?"

두 사람의 눈에 부산하게 움직이며 고기를 굽고 있는 지수와 반찬 통을 나르고 상을 차리는 건우의 모습이 보인다.

혜선이 활짝 웃으며 달려간다.

"모건우 선생님!!"

잠시 후, 평상 위에 모인 네 사람. 정혜선이 건우 옆에 바싹 붙어 쉬지 않고 떠들어 댄다.

"아니, 선생님! 이게 무슨 인연이래요? 우리 다 같이 한 집에 살게 될 거라곤 생각도 못 했는데! 이건 분명히 우리가 전생에 큰 인연으로 묶여 있었던 거예요. 안 그래요?"

하, 이 녀석은 왜 이렇게 시끄러운 거냐? 배고파 죽겠는데.

건우가 혜선을 힐끔 보며 말했다.

"악연이었을 거다, 아마."

"네?"

"됐고, 밥이나 먹어."

고기를 구워온 지수가 활짝 웃으며 말했다.

"자, 오늘은 우리가 이사 왔다고 모 선생님이 소고기 쏘셨으니까 맘껏 먹어요. 잘 먹겠습니다, 선생님."

중곤과 혜선도 배가 고팠는지 얼른 젓가락을 든다.

"잘 먹겠습니다, 선생님."

"감사합니다, 와! 소고기다!"

며칠 굶은 사람들처럼 밥을 먹기 시작하는 사람들. 그 속에 낀 건우는 고기보다 지수가 했다는 반찬 쪽에 관심이 더 가는 모양이다.

'음, 한 끼 먹는데 반찬이 일곱 개다. 이 여자가 요리 좀 하는 건가?'

식모를 들인 것도 아닌데 요리 평가 중인 건우가 반찬 하나를 먹어본 후 절로 지어지는 미소를 감추지 못한다. 또다시 다른 반찬을 먹어보곤 빙긋 웃는 건우.

아까부터 그 모습을 초조한 눈으로 바라보던 지수가 조심스레 묻는다.

"저, 입에 맞으세요?"

건우가 반찬 하나를 집어 들고 물었다.

"이건 뭡니까?"

"아, 그거 애호박나물인데 충청도식 양념으로 버무린 거예요. 저희 엄마가 자주 해주시던 거라 배워왔거든요."

좋아, 오지선한테 부산 반찬 얻어먹고, 김지수한테 충청도 반찬 얻어먹고, 조선 팔도의 반찬을 골고루 먹을 수 있겠다. 좋았어!

건우가 만족스러운 얼굴로 고개를 끄덕이는 걸 본 지수 역시 흐뭇한 얼굴로 말했다.

"필요하시면 언제든 말씀하세요, 선생님. 저 요리 잘해요."

"합격."

"네?"

여기 사는 사람 중에 자신에게 도움이 되는 사람 1번. 그게 지수에 대한 평가다.

정혜선이 고기를 물고 묻는다.

"뭐가 합격이에요, 선생님?"

"넌 불합격."

"네?"

건우가 중곤을 가리키며 말했다.

"넌 보류."

고기를 집으려던 중곤이 멈칫한다.

도대체 뭔 소리를 하는 거냔 표정을 짓던 사람들은 건우가 열심히 밥을 먹기 시작하자, 멀뚱히 있다 다시 식사를 시작한다.

음, 그러고 보니 은비 간호사는 뭘 잘하지? 건우가 사람들의 식사 수발을 드는 지수에게 말했다.

"안 드십니까?"

"먹을게요, 일어난 지 얼마 안 돼서 잘 안 들어가긴 하네요."

"간호사 구할 때까지 야근해야 되는데 잘 먹어야 됩니다, 드세요."

건우가 직접 밥그릇을 내밀어주자, 지수가 고맙다는 듯 고개를 숙인다.

당신은 소중한 사람이야. 내 밥줄이니까 잘 먹어. 아프면 내가 밥을 못 얻어먹잖아? 라는 속마음은 조용히 숨긴다.

한술 뜨는 지수를 물끄러미 보던 건우가 물었다.

"은비 씨는 뭘 잘합니까?"

"은비는…… PA 중에서도 꽤 능력 있는 사람으로 꼽혀요."

음, 중곤이 저놈 아빠 수술할 때 봤다. 꽤 괜찮은 PA였지. 아니, 지금 내가 궁금한 건 그게 아니잖아?

"그거 말고는요?"

"음, 그거 말고는…… 아, 은비는 피자를 잘 구워요. 스파게티도 잘하고."

"합격."

"네?"

흐흐, 지중해식 음식도 얻어먹을 수 있다, 그거지? 앞으로 지수와 은비한테는 잘해줘야겠다.

혜선이 또 몸을 내밀며 물었다.

"뭐가 자꾸 합격이에요, 선생님?"

"시끄러워 밥 먹어, 불합격자."

"……."

뭔진 모르지만 자기만 불합격이라고 하니 울상이 되는 정혜선. 뭐 귀여운 면은 있네. 보류로 바꿔줄까? 아냐, 그러기엔 너무 시끄러워.

배불리 밥을 먹은 건우가 출근 준비를 하자, 중곤이 묻는다.

"선생님, 어젯밤 새우셨는데 또 밤에 출근하시려고요?"

"말년 할머니 봐야지."

"지수 씨도 가죠?"

"네."

마침 내려온 지수를 태우고 다시 병원으로 온 건우가 스쿠터를 주차하고 로비로 들어오자, 고 과장이 또 책상 밑에서 고개를 든다.

"오! 모 선생님. 오늘 쉬시지 그러셨어요."

이 아저씨는 여기가 집인가? 어째 몇 시에 와도 항상 있어?

"과장님은 퇴근 안 하십니까?"

"하하, 언젠가 하겠죠?"

뭐, 이 아저씨가 퇴근을 하든 말든 알 바 아니지.

뚜벅뚜벅 걸어 입원실로 들어가 말년 할머니 상태를 살핀 건우는 특별한 이상이 없음을 확인하고 다시 로비로 나왔다.

고 과장도 이번엔 진짜 집에 갔는지 아무도 없는 로비. 슬쩍 주변을 살피곤 주머니에 챙겨온 소시지를 만지작거린 건우가 발소리를 죽이고 살짝 문을 열어 밖으로 나갔다.

음, 아무도 없다. 지수도 중환자실에 있고, 관리 할아버지는? 컨테이너 불이 꺼져 있군. 최고의 기회다.

얼른 달려간 건우가 고양이 집 앞에 쪼그리고 앉았다.

"쭈쭈, 우리 아가들. 형아 왔어. 맛있는 거 있어, 이거 이거."

어미 고양이 품에 있던 아기 고양이들이 자다 깼는지 눈을 반쯤 뜨고 건우를 본다.

"하, 귀여워 미치겠네."

고양이들이 뒤뚱뒤뚱 걸어와 소시지를 핥는 것이 보인다. 편하게 먹도록 바닥에 놓아준 건우가 새 소시지를 까 어미 고양이가 있는 구석으로 툭 던진다.

"너도 먹어야 애들 젖을 먹이지. 어서 먹어."

쪼그리고 앉아 작은 고양이 집 문 안쪽으로 천사들이 식사하는 모습을 흐뭇한 마음으로 지켜보던 건우는 슬슬 허리와 다리에 통증이 오는 것을 느끼고 천천히 일어났다.

"으드드, 으헉!!!!"

기지개를 켜려던 건우가 대경하며 물러났다. 고양이 집 바로 옆에 관리 할아버지가 서 있었기 때문이다.

"깜짝이야!! 아니, 오셨으면 인기척 좀 내시죠!"

"……."

X발, 또 걸렸다. 아무도 없는 줄 알았는데. 도대체 고 과장이랑 이 할아버진 언제 퇴근하는 거야?

얼굴이 빨개진 건우가 괜히 딴소릴 한다.

"할아버지 퇴근 안 하세요? 왜 이 시간까지 계세요? 벌써 아홉 시가 넘었는데."

관리 할아버지가 말없이 컨테이너를 가리킨다.

건우가 컨테이너를 보며 물었다.

"여기? 여기 산다고요?"

관리 할아버지가 고개를 저었다.

"오늘만 여기서 주무신다고요?"

관리 할아버지가 고개를 끄덕인다.

"말 못 하……."

말 못 하세요? 라고 물으려 하다 순간 말을 멈추는 건우. 혹시 상대에게 장애가 있을 수 있기 때문이다.

하다 만 말을 어떻게 끝맺어야 자연스러울까 고민하던 건우가 먼 산을 보며 딴청을 피우다 힐끔 할아버지를 본다.

바로 그때 건우의 왼쪽 눈이 번쩍하며 빛났다.

다행히 고양이들을 보고 있던 할아버지는 건우의 눈빛이 이상했다는 점을 눈치채지 못했다.

복부 아주 아래쪽, 대장의 끝과 항문이 연결되는 부위에 핏빛 구름이 잔뜩 모여 있다.

'rectal cancer(직장암)!'

아니, 혹시 모른다. 단순 궤양성 대장염일 수도 있다.

건우가 얼른 물었다.

"어르신."

고양이를 보고 있던 할아버지가 고개를 든다.

"혹시 요즘 배 아프신 적 없어요?"

할아버지는 고개를 젓는다. 하지만 안심할 수 없다. 직장암은 초기 증상이 없기에 발견하기 어렵기 때문이다.

"변에 피가 섞여 나온 적은요? 요즘 변이 가늘어지는 증상 없어요?"

할아버지는 잠시 생각에 보다 고개를 끄덕인다. 아오, 이 할아버지야. 말을 좀 해!

"혹시 요즘 변을 참기가 힘들거나 변을 본 다음에도 다시 변을 보고 싶어지거나 한 적도 있어요?"

할아버지가 머뭇거리다 고개를 끄덕인다.

와락 인상을 구긴 건우가 할아버지 손목을 잡았다.

"할아버지, 저랑 저기 가서 검사 몇 개만 하시죠."

하지만 꿈쩍도 않는 할아버지.

건우가 힘으로 당기려고 해도 도무지 움직이지 않는다.

"할아버지?"

할아버지가 단호한 눈빛으로 고개를 젓는다. 답답한 건우가 말했다.

"할아버지, 검사 몇 개만 하면 된다니까요? 아무 일도 아닐 수 있으니 걱정 안 하셔도 돼요."

할아버지는 강하게 손을 뿌리치고 컨테이너 문을 열었다. 멍하게 있던 건우가 멀뚱히 그 모습을 본다.

"어……."

순간적으로 열린 컨테이너 안이 보인다. 바닥에 소주병들이 굴러다니고 있고 재떨이가 놓여 있으며 그 안에 꽁초들이 가득 들어 있는 것도 보인다.

아니, 암 환자일 수도 있는데 저게 뭐 하는 짓이야? 할아버지 그렇게 살다간 죽는다니까?

할아버지는 컨테이너로 들어가 문을 닫아걸어 버렸다.

문고리를 붙잡은 건우가 언성을 높이며 말했다.

“할아버지, 잠깐 검사만 몇 개 하면 된다니까 그러시네. 문 좀 열어봐요.”

두근두근.

안 돼, 또 시작했다. 점점 강도가 심해진다.

건우가 창문에 대고라도 이야길 해보려고 창살이 있는 컨테이너 창문으로 안을 들여다보는 순간, 그의 심장이 누군가 불에 달군 쇠꼬챙이로 지진 것 같은 고통을 호소한다.

“헉.”

건우의 눈에 보이는 컨테이너 속.

할아버지가 바닥에 무릎을 꿇고 사진을 끌어안은 채 고개를 푹 숙이고 있다.

누군가의 영정 사진. 언뜻 보이기에 할머니 영정 사진인 것 같다.

소리 없이 숨을 죽여 울고 있는 할아버지. 아내를 추억할 수 있는 물건들이 컨테이너 속에 가득하다. 모든 벽에 아내와 함께 찍은 사진들이 걸려 있다.

방 가운데 무릎을 꿇고 우는 할아버지의 모습에 건우의 심장은 더욱 고통스러워진다.

또 시작이다. 이 망할 심장.

왼쪽 가슴을 꽉 잡은 건우의 얼굴이 일그러진다.

웃지 않는 노인(1)

지수가 말년 할머니 곁에 서서 차트를 기록한 후, 병상 옆에 걸어두곤 중환자실을 빠져나왔다.

말년 할머니의 시간별 V/S 체크를 조금 느슨히 가져가, 이젠 두 시간에 한 번만 체크하기 시작하자, 병원에서의 야간 근무가 편해졌다.

그렇다고 피곤하지 않은 것은 아니다. 다른 이들이 잘 때 일어나 있다는 것만으로 무척 피곤한 일이다.

아직 밤 9시도 되기 전인데 벌써부터 피곤함을 느낀 지수가 주변을 한번 쓱 보고 마스크를 벗은 후 입이 찢어져라 하품을 한다.

"아~~함."

그때 로비에서 거친 문소리가 나며 건우의 목소리가 들려온다.

"저 할아버지 왜 저래? 아, 짜증 나."

지수가 얼른 입을 닫은 후 입원실 문을 보자, 알루미늄 문이 열리며 짜증이 잔뜩 난 건우가 왼쪽 가슴을 문지르며 들어오는 것이 보인다.

"무슨 일 있어요, 선생님?"

건우가 말년 할머니를 한번 쓱 살피고 물었다.

"할머니 상태는요?"

"괜찮아요, 이제 체크 시간 세 시간으로 늘려도 될 것 같아요."

"음."

건우는 할머니가 괜찮다는 말에 얼굴을 폈지만 금방 다시 와락 인상을 구기며 뒤를 획 돌아본다.

"뭐야, 말도 안 하고, 표정도 없고. 검사해 주겠다는데 무시하고 문을 잠그질 않나."

지수가 아무도 없는 건우의 뒤로 고개를 내밀며 물었다.

"누가요?"

건우가 빈 입원실 침상에 벌렁 드러누우며 말했다.

"관리 할아버지요."

"아, 그 할아버지. 아직 말씀하시는 걸 본 적이 없는데."

"말 걸어도 대답 안 해요. 저런 사람을 왜 쓰는 거야, 도대체."

건우가 머리를 긁어대며 짜증을 내는 걸 본 지수가 조심스럽게 물었다.

"검사를 해주겠다는데 무시했다는 게 무슨 뜻이에요? 할아버지 어디 안 좋으신가요?"

병상에서 몸을 버둥대며 아픈 심장 덕에 치밀어오는 짜증을 내던 건우가 움찔거린다.

지수가 그런 건우를 바라보며 다시 물었다.

"선생님?"

건우가 슬그머니 앉으며 말했다.

"아니, 뭐. 좀 안 좋아 보이는 구석이 있어서요."

"어떻게요?"

"……."

직장암은 눈으로 보이는 징후가 없다. 뭐라 설명할 말이 없던 건우가 화제를 돌린다.

"그것보다, 할머니 Parenteral Nutrition(정맥 영양)은 뭐로 드리고 있습니까?"

갑자기 화제를 돌린다는 것이 뻔히 드러나 보이는 행동.

지수는 그런 건우를 이상한 눈으로 보다 답한다.

"CPN이요. 2,000㎉ 이상 공급하고 있고 10일 이상 투여해야 되니까 그걸로 했어요."

하, 이 여잔 너무 일을 잘한다. 차라리 할머니에게 맞지 않는 PPN을 공급했다고 하면 자연스럽게 화제가 돌아갔을 텐데. 제대로 일을 했으니 뭐라 할 말이 없네.

지수가 다시 추궁하려는 듯한 표정을 짓고, 건우가 곤란한 얼굴을 하고 있던 그때. 밖에서 문소리가 났다.

자신이 돌아갔다고 생각하고 할아버지가 자기 일을 하러 나온 걸까? 벌떡 일어난 건우가 입원실 문을 열고는 와락 인상을 구겼다.

가방을 들고 로비에 엉거주춤 서 있는 사람은 다름 아닌 고 과장이었기 때문이다. 기다렸던 사람이 아님에 실망 반, 짜증 반이 된 건우가 팔짱을 끼고 말했다.

"과장님은 도대체 집에 언제 가십니까?"

고 과장이 멈춘 자세로 슬그머니 책상을 가리켰다.

"그게…… 잊고 간 것이 있어서요."

이 아저씨, 결혼을 안 했나? 뭔 사람이 아침 7시에 와도 병원에 있고 밤 9시에도 또 있냐? 뭐 내 알 바 아니지.

고 과장은 건우가 째려보자, 천천히 어색하게 게걸음으로 책상으로 간 뒤, 서랍을 열어 서류 몇 개를 꺼내 들었다.

"하하…… 원장님이 부탁하신 게 있었는데 깜빡 잊었네요."

묻지도 않았는데 변명을 하는 고 과장이 어색하게 웃는다.

가만, 이 사람은 병원의 모든 것을 알고 있는 사람이잖아? 관리 할아버지에 대해서도 알까?

생각이 거기까지 미친 건우가 팔짱을 풀고 말했다.

"과장님, 관리 할아버지에 대해 잘 아십니까?"

고 과장은 건우가 표정을 풀자, 옳다구나 하며 답한다.

"그럼요, 제가 병원에 있는 분에 대해 모르는 점이 있을 리가요."

건우가 눈짓하며 몸을 돌렸다.

"잠깐 드릴 말씀이 있는데, 이야기 좀 하시죠."

잠시 후, 입원실 병상에 기대 건우의 설명을 들은 고 과장이 벌떡 일어났다.

"뭐라고요? 할아버지가 아프시다고요?"

함께 설명을 듣고 있는 지수의 눈치를 힐끔 본 건우가 설명했다.

"혹시나 해서 문진을 했는데, 직장암 증상이 의심됩니다. 변에 피도 있고, 최근 변이 가늘어지고 잔변감도 있는 모양입니다."

"해서요? 검사해야죠!"

"안 하신답니다, 컨테이너 들어가서 문까지 걸어 잠그고 안 나와요."

"하…… 또 저러신다."

고 과장이 심각한 얼굴로 문 쪽을 바라보는 것이 보인다.

건우가 가운 주머니에 손을 찔러 넣으며 물었다.

"말도 안 하던데. 저 할아버지 말 못 합니까?"

"아, 그게……."

고 과장이 머뭇거리다 말한다.

"남의 이야기를 함부로 하는 건 마음에 좀 걸리지만, 모 선생님이나 지수 씨도 이제 한 식구니까 괜찮겠죠?"

건우가 말해보라는 듯 고갯짓하자, 고 과장이 살짝 고개를 숙였다.

"이 병원이 지어진 건 7년 전이었습니다. 그때 우리 병원의 첫 환자가 있었죠. 당시 82세의 여성 환자였고 이름은 지현숙이었습니다."

음? 갑자기 뭔 80살 먹은 할머니 이야기가 나오지? 가만히 듣고 있던 건우가 문득 물었다.

"할아버지의 아내?"

고 과장이 고개를 끄덕였다.

"예, 맞습니다. 폐쇄성 직장암이었습니다. 별로 아픈 기색 없이 병원에 오셨죠, 배가 살짝 불러 있긴 했어요. 첫 환자라 원장님이 직접 보셨고요. 평소 술 담배도 안 하시고, 당뇨나 고혈압도 없는 분이라 괜찮으려니 했는데 검사 결과 암이었던 겁니다."

고 과장이 한숨을 쉬며 말했다.

"당시 우리 병원 의사는 원장님 한 분이셨습니다. 내과 의사가 암 수술을 할 수 없으니 당연히 정선에 있는 큰 병원으로 보냈죠, 하지만 TNM four stage(암 4기) 판정을 받아버렸습니다. 워낙 고령이라 수술도 불가, 정선의 병원에선 퇴원 후 항암을 하는 쪽으로 가닥을 잡았지요.”

건우의 머릿속에 또다시 아버지가 떠올랐다. 아버지의 이야기와 비슷했기 때문이다. 게다가 혼자 남은 할아버지. 성별은 바뀌었지만 엄마와 같은 마음이었을 것이다.

관리 할아버지에 얽힌 이야기가 의외로 심각하자 숨을 죽이고 이야기에 집중하는 지수와 건우.

고 과장이 혀를 차며 말했다.

“쯧, 할아버지는 매일같이 병원에 찾아왔습니다. 아픈 환자를 데리고 정선 병원까지 가기엔 너무 머니까 우리 병원에 와서 어떻게든 약을 받아가시려 했죠. 다행히 정선 쪽에서 배려를 해줘서 우리 병원에서 약을 받아가실 수 있게 조치되었습니다. 가까워서 그런지 할머니가 직접 병원에 오실 때도 많았죠.”

고 과장이 창문 쪽으로 걸어간다. 커튼을 열고 할아버지가 있는 컨테이너 쪽을 바라본 그가 말했다.

“할머니는 이 병원을 참 좋아했습니다, 원장님과도 친하셨죠. 아무래도 우리 첫 환자다 보니 신경도 많이 써드렸고요. 아시다시피 이 병원에는 장례식장이 없어요. 하지만 할머니가 돌아가셨을 때, 원장님이 병원 한편에 빈소를 마련해 주셨죠.”

건우의 눈빛이 무거워졌다.

자신이 그렇게 하고 싶었던 일. 죽어가는 환자에게 따뜻한 희망을 주는 일. 자신이 한심하게 생각한 한가한 원장은 7년 전에 이미 그것을 실행에 옮겼던 모양이다.

고 과장이 안타까운 얼굴로 말했다.

"그때부터였습니다, 할아버지는 아픈 곳도 없는데 매일 병원에 오셨어요. 할머니는 병원에 올 때만 밖으로 나오셨는데, 병원으로 오는 길을 함께 지났던 기억을 더듬으시는 것 같았습니다. 할 일 없이 하루 종일 병원 로비의 의자에 앉아 멍하게 할머니 생각을 하시곤 했죠. 하도 매일 오시니까 원장님이 차라리 관리 일을 맡기신 겁니다."

건우가 창문을 눈짓하며 물었다.

"할아버지가 저기 사시는 겁니까?"

"아뇨, 할머니와 사시던 집이 있습니다. 그런데 뭐랄까, 할아버지에게 이 병원은 할머니와 마지막 추억이 깃든 장소인 것 같습니다. 매일 조금씩 할머니 물건들을 저 컨테이너로 가지고 오시더군요. 지금은 아마 집보다 저기 짐이 더 많을 겁니다."

건우의 심장이 다시 찌르르 아파온다.

건우가 인상을 찌푸리자, 지수가 물었다.

"선생님, 본원에서부터 생각했는데 가슴에 문제가 있으신 거 아닌가요? 한번 검사해 보시지 그러세요."

건우가 가슴을 문지른 후 손을 내저었다.

"가끔 그런 겁니다, 괜찮습니다."

건우가 고 과장에게 물었다.

"할아버지 자식들은요?"

"아들이 있었습니다만, 일찍 보내셨다고 하더군요."

"먼저 사망하신 겁니까?"

"예, 교통사고로 한 20년쯤 전에 보냈다고 합니다."

"20년 전이라고 해봐야 할아버지 70대쯤일 것 같은데 아들은 결혼 안 했고요?"

"아들이 사망 후 며느리는 재혼했답니다."

음, 욕할 건 아니다. 그 여자도 자기 인생을 살아야지. 슬픔에 땅을 파고 있는 삶보다 그편이 본인을 위해 낫다.

"나머지 친척은요?"

"그것까진 모릅니다만, 여기서 일하시는 동안 친척이 왔다는 이야긴 못 들었습니다."

제길, 완전히 혼자란 건데. 설득해 줄 가족도 없다는 건가? 또다시 아파오는 심장.

다시 인상을 쓴 건우를 가만히 보던 고 과장이 안주머니를 뒤지더니 막대사탕 하나를 내민다.

"저기, 이거."

내가 애냐? 갑자기 뭔 사탕이야?

"뭡니까?"

"청심환 사탕이라고, 제가 긴장을 하면 심장이 두근대고 그래서 가끔 먹습니다. 한번 드셔보실래요?"

"……."

청심환 사탕? 그런 것도 있어? 혹시 심장에 생긴 문제를 잠시라도 가라앉힐 수 있을지 모른다는 생각에 얌전히 사탕을 받아 드는 건우. 봉지를 까 입에 넣자, 한쪽 볼이 불룩해진다.

무표정하고 날카로운 얼굴의 건우가 막대사탕을 문 모습을 본 지수가 조용히 미소를 짓는다.

어? 그런데 생각보다 효과가 좋은데? 꼬챙이로 쿡쿡 찌르는 것만 같던 심장의 고통이 조금씩 줄어든다.

건우가 입에서 사탕을 빼서 살펴본 후 고 과장을 보았다.

"이거 어디서 삽니까?"

고 과장이 손사래를 친다.

"아이고, 뭘 그런 걸 돈 주고 삽니까, 제 책상 뒤에 캐비닛 열어보면 몇 박스 있습니다, 마음껏 드세요. 사실 병원 오픈할 때 여기 노인들이 많다고 제약회사 사람이 찾아와 신제품을 광고해 달라고 몇 박스나 놓고 간 건데. 보시다시피 환자가 거의 없어서 그대로 남아 있죠. 모 선생님이 드신다면 제가 무제한으로 공급해 드리겠습니다."

음, 이 아저씨. 스쿠터도 공짜로 줬는데 이제 이런 것도 주네. 음, 일단 합격으로 해줄까? 건우가 다시 입에 사탕을 물었다.

고맙다는 말도 없이 사탕만 입에 문 건우를 가만히 보던 고 과장이 말했다.

"대신 말입니다, 선생님."

뭐냐, 대가를 요구하려는 거였어? 다시 보류로 바꿔줄까, 아저씨?

"예?"

고 과장이 어려운 얼굴로 말했다.

"할아버지, 꼭 좀 검사받게 해주십시오. 직장암이라면 우리 병원에선 수술하기 어렵잖아요? 아직 확실하진 않다고 하셨지만 오래 함께한 분이라 그런지 걱정이 되네요, 꼭 좀 부탁드리겠습니다."

아놔, 자기가 검사 안 받겠다는 환자를 무슨 수로 설득하냐고. 아니, 그보다 내가 왜?

차차 나아지던 심장이 다시 찌르르 떠는 것이 느껴진다. 인상을 찌푸린 건우가 사탕을 문 채 가슴을 내려다본다.

'알았어요, 혜영 이모. 나대지 좀 마요.'

아침 일곱 시.

관리 할아버지의 아침은 매일 주차장을 빗자루로 청소하는 것으로 시작된다.

어젯밤 늦게까지 소주를 마시고 컨테이너 밖으로 나온

할아버지가 빗자루를 챙겨 주차장에 도착하곤 그대로 몸을 굳혔다.

의사 가운을 입고 입에 막대사탕을 문 건우가 주차장을 쓸고 있었기 때문이다.

멀뚱히 빗자루를 들고 있는 자신을 힐끔 본 건우가 씩 웃으며 손을 든다.

"좋은 아침입니다, 할아버지."

"……."

할아버지는 물끄러미 건우를 보다 조금 멀찍이 떨어져서 빗자루질을 하기 시작했다.

건우가 자신을 붙잡으면 언제든 도망갈 수 있는 거리를 벌리는 느낌이다. 비질을 하면서도 자꾸만 건우를 힐끔거리는 할아버지.

하지만 건우는 멀리서 비질을 하며 자신을 뚫어지게 보고만 있다. 가끔 왼쪽의 파란 눈이 번들거리는 착각이 들었지만 아침 햇살 때문에 착각한 모양이다.

아침 여덟 시.

로비에 있는 화장실 앞에 양철통과 대걸레를 들고 온 할아버지가 화장실 청소를 하려고 안으로 들어갔다. 혹시 안에 사람이 있나 싶어 확인해 보니, 남자 화장실 맨 끝 칸에 사람이 있는 것 같다.

청소에 방해되는 위치라 여자 화장실부터 청소하고 돌아왔지만 여전히 화장실엔 사람이 있다.

혹시나 사람이 없는데 문만 닫혀 있나 싶어 밀어보니 쓱 하고 문이 열린다.

괜히 아무도 없는데 착각한 모양이라 생각한 할아버지가 힘을 주어 문을 활짝 열었다가 화들짝 놀라며 물러난다.

화장실 변기에 앉은 건우가 빙긋 웃고 있었기 때문이다.

"여, 오늘 아침엔 자주 마주치네요?"

그때 다시 건우의 왼쪽 눈이 번들거린다. 또다시 시작된 이상 현상에 할아버지가 고개를 들어 화장실 등을 보았다.

전등의 색은 오렌지색인데 왜 자꾸 파란 빛이 번들거리는 걸까? 도깨비불도 아니고 말이야.

다시 고개를 내려 건우를 보니 변기 위에 앉은 건우가 뚫어지게 자신의 배를 노려보고 있는 것이 보인다.

기분이 나빠진 할아버지가 대걸레를 벽에 세워두고 나가 버린다.

혼자 남은 건우가 턱을 괴고 주머니에서 사탕 하나를 꺼내 입에 문다.

'확실할 때까지 본다.'

자신의 눈은 한계가 확실하다. 모든 것이 보이는 것은 아니다.

지난번 말년 할머니도 그랬다. 소장 내용물로 꽉 찬 뱃

속은 옆구리 쪽에서 보기 전엔 그저 핏빛 구름만 보였지 정확히 어디에 이상이 있는지 보이지 않았다.

'여러 각도로 본다.'

아침 여덟 시 반.

지친 얼굴로 터벅터벅 걸어 집으로 올라오던 지수가 출근을 하던 중곤, 혜선, 은비를 마주쳤다.

은비는 지수의 모습이 보이자마자 득달같이 달려와 물었다.

"뭐야, 나 아직 교대 안 했는데 왜 왔어?"

지수가 피곤한 얼굴로 말했다.

"어, 모건우 선생님이 더 계신다고 먼저 가래서."

은비가 지수 뒤를 보며 물었다.

"걸어왔어? 피곤하겠다, 어서 들어가서 자."

중곤이 다가와 물었다.

"할머니는 좀 어떠세요?"

"이제 안정기인 것 같아요. 네 시간에 한 번으로 V/S 체크 바꿨으니 참고해 주세요, 선생님."

"아, 잘됐네요. 어서 쉬세요."

혜선도 특유의 발랄함으로 애교를 부리며 인사를 나눈다.

아침 햇살이 어지러운지 비틀거린 지수가 집으로 들어가는 걸 본 은비가 한숨을 쉬었다.

"사람 할 짓 아니네, 정말. 간호사가 빨리 구해져야 될 텐데."

중곤이 고개를 끄덕여 동조하고, 혜선은 다른 생각을 한다.

"그런데 지수 씨랑 같이 출근했던 모건우 선생님은 아직도 퇴근 안 하셨다는 거죠? 피곤하시겠다…… 중곤 쌤, 어서 가요. 우리 가야 모 선생님 퇴근하시죠."

"아, 그러네. 어서 가자."

잰걸음으로 병원에 도착한 세 사람. 그들의 눈에 이상한 것이 보인다.

지붕에 뭔가 문제가 있는지 지붕 위에 올라가서 망치질을 하고 있는 관리 할아버지. 여기까진 이상하지 않다.

문제는 지붕 반대편 끄트머리에 모건우가 쪼그리고 앉아 할아버지를 빤히 보고 있는 것이다.

혜선이 달려가 외쳤다.

"선생님! 거기서 뭐 하세요?"

쪼그리고 앉아 할아버지만 노려보는 건우가 아래를 보지도 않고 말한다.

"시끄러워, 불합격자."

"……."

혜선이 울상을 지었다. 중곤도 이상한 행동을 하는 건우를 바라보다 실소를 지으며 말했다.

"뭔가 생각이 있으시겠지, 들어가자고."

혜선이 울 것 같은 얼굴로 물었다.

"선생님, 도대체 불합격자가 뭐예요? 모 쌤이 왜 저한테 불합격자라고 부르는 걸까요?"

중곤이 씩 웃었다.

"글쎄? 그러고 보니 난 보류라고 했는데."

식사 시간에 자리에 없었던 은비가 고개를 갸웃거렸다.

"그게 뭔 소리예요?"

중곤이 은비를 보며 씩 웃었다.

"아, 은비 씨는 합격이랍니다."

"에? 뭐가 합격이에요?"

중곤이 자기도 모른다는 듯 어깨를 으쓱하며 웃는다.

먼저 들어가는 중곤을 가만히 보던 은비가 아직도 울상을 짓는 혜선을 본다.

"왜 나만 불합격이냐고요, 왜, 도대체 그게 뭔데. 응?"

"……."

저녁 여덟 시 반.

잠에서 깨 대충 밥을 먹고 교대를 하기 위해 병원으로 온 지수가 로비로 들어왔다. 역시나 병원 지박령인 고 과장이 빙긋 웃으며 맞아준다.

"지수 씨 왔어요?"

"네, 과장님."

지수가 주변을 둘러보는 걸 본 고 과장이 물었다.

"모건우 선생님 찾으시죠?"

"아, 네. 퇴근을 안 하신 것 같던데. 혹시 주무시나 해서 문 두드려도 답 없고요."

"병원에 계십니다."

"안 주무셨어요?"

"아까 잠깐 입원실 병상에서 주무셨어요. 중곤 선생님 오고 난 후에."

"왜요? 말년 할머니께 무슨 일 생겼어요?"

"아뇨? 할머니는 아주 순조롭게 회복하고 계십니다."

"……."

도대체 무슨 일일까? 지수가 입원실로 들어가자, 스테이션 앞에 모여 있는 중곤, 혜선, 은비가 보인다.

대충 인사를 나누며 모건우를 찾는 지수. 하지만 입원실엔 그가 없다. 지수가 두리번거리며 은비에게 묻는다.

"모 선생님은 어디 계셔?"

은비가 황당하다는 듯 팔짱을 끼고 어깨를 으쓱한다.

"몰라, 하루 종일 도대체 뭘 하는지 모르겠어."

"응?"

은비가 중곤을 눈짓하며 말했다.

"오늘 환자가 셋이었는데 위아래로 한번 쓱 보곤 중곤 선생님께 맡기고 종일 관리 할아버지만 따라다녀."

지수가 눈을 동그랗게 뜨자, 혜선이 울상을 지었다.

"지수 씨는 합격이라 좋겠다."

"응?"

중곤이 실소를 지으며 말을 끊는다.

"선생님 오전에 좀 주무시다 계속 할아버지만 따라다니고 계십니다, 지금은 할아버지 컨테이너 쪽에 계실 겁니다."

"거긴 왜요?"

"그냥 창문 앞에 서 있던데요."

"……."

은비가 쓴웃음을 지었다.

"무섭다, 무서워. 누가 하루 종일 쫓아다니고, 컨테이너에서 쉬려고 하면 창문에 서서 노려보고. 으아, 나한테 그랬으면 난 미쳐 버렸을 거야."

지수가 가만히 문밖을 바라보다 시간을 확인했다.

"먼저 퇴근하세요, 제가 좀 가 볼게요."

은비가 손을 들며 말했다.

"어, 네가 가서 뭐 하는지 알아내면 좀 알려줘라. 우린 도무지 모르겠으니까. 하루 종일 무표정한 얼굴로 막대사탕 먹는 것도 웃기고. 도대체 그 사탕은 뭐야?"

지수가 가방을 놓고 병원 밖으로 나왔다.

아니나 다를까 주차장 저편에 있는 컨테이너 앞에 가운 주머니에 손을 찔러 넣은 건우가 멀뚱히 서 있는 것이 보인다. 은비 말처럼 컨테이너의 창문 안을 바라보고 있다.

"뭘 하시는 거지?"

지수가 걸어가 건우의 뒤에 서서 물었다.

"선생님?"

건우가 사탕을 문 얼굴로 돌아본다. 순간 파란 눈동자가 번쩍이는 착각이 든다.

"예."

"뭐 하세요? 퇴근도 안 하시고."

건우는 말없이 다시 창문으로 시선을 돌린다.

지수가 까치발을 들고 창문을 바라보자, 여러 개의 박스를 잘라 테이프로 이어 붙이고 있는 할아버지 모습이 보인다. 표정을 보니 무척 화가 나신 것 같아 보인다.

지수가 건우를 말리며 말했다.

"하루 종일 할아버지만 따라다녔다면서요. 이러면 실례예요, 선생님. 그만하시죠."

그때 할아버지가 자르고 붙인 박스를 들고 창문을 막으러 오는 것이 보인다.

건우가 막대사탕을 물고 말했다.

"막으세요, 그럼 내일도 종일 쫓아다닐 겁니다."

할아버지가 멈칫한다. 박스를 내린 할아버지의 눈에 분노가 서려 있다.

하지만 아랑곳하지 않은 건우가 입에서 사탕을 빼며 병원을 눈짓했다.

"제가요, 서른네 살에 더블보드가 됐거든요? 더블보드 뭔지 아세요? 전문의 자격증이 두 개란 뜻입니다. 그거 따기 얼마나 힘든지 모르시죠? 근데 그걸 두 개 땄다고요. 어떻게 땄는지 알아요? 하루 종일 책만 봤습니다. 지금 할아버지 노려보는 것처럼 말입니다. 그 짓을 일 년이나 했죠. 제가 제일 잘하는 게 이겁니다. 거머리처럼 찰싹 달라붙어 있는 거."

박스를 들고 있는 할아버지가 자신을 노려보는 걸 보며 빙긋 웃은 건우가 다시 사탕을 문다.

"일 년쯤 쫓아다니는 건 일도 아니죠. 어때요? 눈 딱 감고 검사 한번 받으시면 이거 다 해결되는데."

할아버지는 건우를 죽일 듯이 노려보다 콧방귀를 뀌더니 박스로 창문을 막아버린다. 탕탕 못질까지 하는 소리가 들려온다.

안절부절못하던 지수가 건우를 밀어내며 말했다.

"할아버지 화내시겠어요, 그만하세요, 선생님."

건우가 막혀 버린 컨테이너를 노려보다 씩 웃었다.

"그럼 내일 봅시다, 할아버지!"

건우가 몸을 획 돌려 병원 쪽으로 간다. 지수가 한숨을 쉬며 따라간다.

"아, 지수 씨."

"네, 선생님."

"할머니 체크하는 거 네 시간으로 늘렸으니 좀 봐주세요. 난 좀 잘게요. 혹시 뭔 일 있으시면 깨우시고."

"어디서 주무시게요?"

"가긴 어딜 갑니까, 코딱지만 한 병원에서. 입원실 병상에 누워서 커튼 치고 자는 거지. 내일 아침부터 바쁠 예정이라 눈 좀 붙여야 될 것 같아서요."

"아침에 무슨 일정 있으세요?"

"주차장 청소요."

"……예?"

건우가 손을 흔든 후 먼저 들어가 버리자, 영문을 모르는 지수가 고개를 절레절레 저었다.

"도무지 종잡을 수가 없는 분이네."

다음 날 아침, 여느 날처럼 빗자루를 들고 컨테이너를 나온 할아버지는 밖으로 나오자마자 잔뜩 인상을 쓴다.

주차장 가운데에 빗자루를 세워둔 건우가 쪼그리고 앉아 싱글거리고 있기 때문이다.

"좋은 아침입니다?"

할아버지가 빗자루를 던져 버린 후 컨테이너로 들어가 버리는 걸 본 건우가 턱을 괴며 중얼거린다.

“누가 이기나 한번 해봅시다, 거머리 짓은 내가 최고지.”

건우가 입에 물고 있던 사탕을 빼 들어 보인다.

“할아버지 얼굴을 볼 때마다 사탕을 물고 있어도 조금씩 가슴이 아프다. 내 심장을 위해서라도 치료해야 돼. 얼굴 볼 때마다 아프면 짜증 나잖아.”

그때 쾅 소리가 나며 컨테이너 문이 열린다. 씩씩거리며 나온 할아버지가 잰걸음으로 걸어와 건우 앞에 선다.

당장 한 대 칠 것 같은 얼굴로 건우를 노려보던 할아버지가 소매를 걷어붙인 후 병원을 가리켰다.

쪼그리고 앉아 할아버지를 올려다보던 건우가 그가 가리키는 병원 쪽으로 고개를 돌렸다가 다시 할아버질 보곤 미소 짓는다.

“검사 하시는 겁니까?”

할아버지는 화난 얼굴로 콧바람을 뿜더니 먼저 병원으로 성큼성큼 걸어간다.

그 모습을 물끄러미 보던 건우가 천천히 자리에서 일어난 후 사탕을 입안에서 굴리며 웃었다.

“자, 그럼 고쳐볼까? 할아버지 직장이랑, 내 심장 둘 다 말이지.”

지수가 출근하고, 교대로 퇴근해야 할 중곤, 혜선, 은비가 붙잡혔다.

하지만 그들 중 아무도 불만을 제기하지 않았다. 지수가 차분하게 하루 종일 관리 할아버지를 따라다닌 건우의 이상 행동에 대해 설명해 주었기 때문이다.

CT colonography(단층촬영실)의 모니터 앞에 앉은 중곤이 마이크로 말했다.

[은비 씨, Barium(바륨) 투입 부탁드립니다.]

촬영실 옆 주사실에 있던 은비가 엎드려 바지를 내리고 있는 관리 할아버지에게 말했다.

"할아버지, 이제 항문으로 주입 삽입관이 들어갈 건데, 살짝 아파요."

은비는 능숙하게 삽입을 한 후, 바륨을 투입하고 말했다.

"중곤 쌤, 끝났어요."

[촬영실로 이동해 주세요.]

은비가 할아버지를 부축한 후 촬영실로 가자, 할아버지 눈에 약 70도가량의 각도로 서 있는 딱딱한 침대 같은 것이 보인다.

은비가 할아버지를 침대 아래 발판 위에 올라서게 한 뒤 말했다.

"할아버지, 이제 침대가 서서히 뒤로 기울어질 건데, 밖에 있는 선생님 신호대로 몸을 굴리시면 돼요, 아셨죠?"

할아버지가 고개를 끄덕이는 걸 본 은비가 창문 밖의 중곤에게 손가락을 동그랗게 말아 신호를 보낸다.

[자, 침대 기울이겠습니다, 할아버지 오른쪽으로 몸을 굴려주세요. 예, 좋습니다. 이번엔 왼쪽으로요. 좋습니다, 이제 누워서 몸을 한 바퀴 완전히 굴러볼게요. 좋습니다. 이제 그대로 계세요.]

기기를 조작하는 중곤 옆에서 하나라도 더 배우려 모니터를 뚫어지게 보는 혜선이 물었다.

"일반 대장 조영술이 아니네요, 선생님?"

중곤이 PC에 입력값을 넣은 후 말했다.

"모 선생님께서 바륨으로 double contrast study(이중조영술)을 하라고 지시하셨어."

"그게 뭔데요?"

"음, 일단 항문을 통해 바륨을 주입해. 그다음엔 방금 본 것처럼 여러 차례 몸을 움직여 장을 바륨으로 코팅하는 거야. 엑스선을 통과시키지 않는 바륨과 통과시키는 공기를 함께 사용하기 때문에 붙여진 이름이지."

"아."

촬영기기가 여러 차례 찰칵찰칵하며 불협화음을 낸다. 약간 거북한 느낌이 든 관리 할아버지가 인상을 쓰며 배를 만지려 하자, 은비가 얼른 나서며 말했다.

"할아버지 배 가리시면 안 돼요. 거북하시죠? 몸에 이물질이 들어가서 그래요, 변과 함께 다 배출되니까 걱정 마세요."

검사는 금방 끝났다. 중곤과 함께 결과를 기다리던 혜선은 은비가 필름을 들고 와 벽에 붙여주자 앞에 서서 팔짱을 끼고 말했다.

"여기 대장 끝에 혹 같은 건 polyp(용종)겠죠?"

중곤이 고개를 끄덕였다.

"응, 그럴 거야, 크기가 작지만 몇 개 있으시네."

"근데 선배."

"음?"

"여기 맨 아래에 rectum(직장)이요. 왜 이런 모양이죠? 꼭 동물 허벅지 뼈 모양인데."

혜선이 말하기 전부터 중곤의 눈은 아까부터 거기에 가 있었다. 하지만 쉽게 뭐라 말하지 않는 중곤.

바로 그때 문이 열리며 건우가 들어오자, 사람들이 모두 일어난다.

"결과 나왔어?"

중곤이 필름을 눈짓한다.

"예, 저깁니다. Rectum(직장) 쪽을 봐주세요."

건우가 중곤이 가리키는 곳을 가만히 바라본 후, 지시를 내린다.

"colonofiberscope(대장내시경) 준비해."

"예, 선생님."

"proctosigmoidoscopy(직장에스상결장경 검사)도 준비하고."

"알겠습니다."

중곤이 얼른 일어나 다음 검사를 준비하러 가자, 은비도 도우러 함께 나간다.

혜선이 가만히 필름을 노려보는 건우 옆에 서서 직장을 가리켰다.

"이거 문제 있는 거죠, 선생님?"

"……."

"학교에서 배웠어요."

혜선 역시 심각함을 느꼈는지 가만히 필름을 본다.

건우가 필름을 노려보며 말했다.

"불합격자."

"아, 좀."

"잘 봐둬."

"……."

건우가 필름을 손가락으로 튕기며 말했다.

"이게 malignancy(암)이다."

혜선이 고개를 획 돌렸다. 건우가 방금 말한 단어. 그건 단순히 암이 아니라 '악성 암'을 말하는 단어였기 때문이다.

"아직 검사도 안 마쳤는데요, 선생님."

혜선의 질문은 합리적이다. 악성인지 아닌지는 검사를 더 해봐야 안다. 아니, 아직 암 진단 자체를 내리기 이르다는 말이 맞다.

건우는 답을 하지 않는다. 그가 답을 하지 않는 것이 처음은 아니었지만, 지금은 어쩐지 어색해 보인다. 혜선이 건우의 얼굴을 살피자, 점점 어색해지는 표정.

"선생님?"

"아무튼."

"네?"

"증명해 줘야 돼?"

"그건 아니지만 환자를 정확히 진단해야 된다고 배웠습니다. 의사들의 진단 중 20% 이상이 오진이란 결과도 있었고요."

"항문 수지 검사라도 해줄까? 네가 해볼래?"

"으……."

항문 수지 검사는 의사가 환자의 항문에 직접 손가락을 넣어 암세포를 만져보는 검사다. 검사를 하는 쌍방이 모두 불쾌할 수밖에 없는 검사.

건우가 가운을 털며 말했다.

"내시경 검사 결과 나오면 알겠지."

이틀 후.

봉투에 필름들을 넣어 관리 할아버지의 컨테이너 문을 두드리는 건우가 보인다. 노크를 몇 번 하자 열리는 문.

"할아버지."

건우의 굳은 얼굴을 보는 순간 운명을 직감했지만 아무 표정 없는 관리 할아버지는 그저 물끄러미 건우를 바라본다.

"할아버지, 직장암입니다."

"……."

"할머니와 동일한 병이세요, 폐쇄성 직장암."

"……."

말 없는 할아버지는 건우 손에 들려 있는 필름을 물끄러미 바라본다.

건우가 필름들을 꺼내 가리키며 설명한다.

"여기 대장 끝 항문으로 이어지는 곳. 여기가 직장입니다. 여기 보시면 가운데가 움푹 패여 있는 게 보이시죠? 여기 암세포가 자란 겁니다."

할아버지는 가만히 필름을 보다 건우와 눈을 맞춘 후 고개를 한 번 까딱이곤 문을 닫으려 한다.

건우가 급히 문에 발을 끼워 넣으며 말했다.

"아직 말 안 끝났습니다."

할아버지가 굳은 얼굴로 다시 문을 열자, 건우가 말했다.

"할아버지, 아직 2기입니다. 수술하면 충분히 회복 가능해요."

할아버지는 건우 얼굴을 가만히 바라보다 또 고개만 까딱인 후 문을 닫았다.

이번엔 발을 넣지 못한 건우가 문 앞에 한숨을 쉬었다.

수술하면 살 수 있다는데 도대체 왜 안 받겠다는 거야? 슬쩍 창문을 보니 검사를 받아서인지 창문을 막아뒀던 박스들이 사라져 있다.

슬쩍 지나가는 척하며 안을 보니 다 떨어진 소파에 홀로 앉은 할아버지가 할머니 사진이 든 액자를 물끄러미 보고 있는 것이 보인다.

두근두근.

또다시 심장이 아파온다. 한쪽 눈을 일그러뜨리고 급히 주머니에서 청심환 사탕을 꺼내 무는 건우가 이를 갈았다.

"제기랄, 아무리 90세가 넘었다고 하지만 그냥 죽어도 되는 인간은 없다고. 내 심장은 어쩔 거야. 저 할아버지 볼 때마다 고통이 느껴지잖아."

하지만 할 수 없다. 환자가 수술을 거부하는데 의사가 무슨 수로 억지 수술을 감행하겠는가?

건우가 심장을 진정시키려는 듯 왼쪽 가슴을 문지르고 있는 도중, 은비가 병원 문을 열고 주변을 두리번거리다 컨테이너 근처에 있는 건우를 발견하고 소리쳤다.

"선생님! 심말년 환자 튜브 제거했어요, 선생님 찾으시는데 잠시 와보실래요?"

오, 말년 할머니가 드디어. 컨테이너를 다시 돌아본 건우가 고개를 절레절레 저었다. 그래, 치료받겠다는 환자 살리기도 바쁘다. 할 수 없는 일이겠지.

건우가 잰걸음으로 입원실로 가자, 중환자실에서 일반 입원실로 옮겨진 할머니가 보인다. 장시간 누워만 계셔서 수척해졌지만 정맥 영양 공급을 해서 그런지 살이 빠진 것 같진 않다.

중곤, 혜선이 흐뭇한 눈으로 할머니를 바라보고 있다. 할머니는 건우를 보자마자 손을 내민다.

"의사 선생."

가래가 잔뜩 끼어 있는 음성. 오랫동안 말을 하지 않아 그렇다.

다른 이들의 눈을 의식해서인지 가운 주머니에 손을 넣고 뚜벅뚜벅 걸어온 건우가 할머니를 쓱 본 후 말했다.

"좀 어떠세요?"

"응, 여기저기 좀 쑤시긴 한데 배는 안 아파."

건우가 고개를 끄덕인 후 간호사 스테이션에 기대어 이쪽을 바라보고 있는 중곤과 혜선을 노려본다.

"안 바쁘냐?"

두 사람이 서로를 바라보다 주변을 둘러본다. 그러다 중곤이 말했다.

"환자가 없는데요, 선생님."

"……."

망할 병원. 뭔 환자가 하루에 한두 명이 고작이냐.

그때 입원실로 들어오던 지수가 건우가 들어와 있는 것을 보고 빠르게 주변을 살핀 후 눈치 빠르게 말했다.

"선생님 두 분, 혹시 시간 되시면 저 좀 도와주실래요?"

혜선이 고개를 빼며 물었다.

"무슨 일 있어요?"

"하하, 죄송해요. 간호사가 해야 될 정리인데 아시다시피 워낙 일손이 부족해서요. 괜찮으시면 좀 도와주실래요? 밖에 로비 뒤에 보면 환자 서류들 있잖아요, 분류 작업을 좀 해둬야 할 것 같아서요."

중곤이 어깨를 으쓱했다.

"아직도 데이터가 아닌 서류로 환자 관리를 하는 병원이 있다는 게 신기하던 참인데."

혜선은 괜찮은지 말했다.

"옛날 방식을 둘러보는 것도 좋은 경험이겠네요, 전 도울게요."

중곤은 별로 안 내키는지 고민하는 눈치다.

그때 건우가 차가운 음성으로 말했다.

"계속 빈둥대느니 가서 일 돕지? 월급 루팡이냐?"

"죄송합니다……."

중곤이 안 내키는 발걸음으로 지수를 따라 입원실을 나간다.

뭣 때문인지 두 사람을 데리고 나가는 지수가 장난스러운 미소를 짓고 있는 것이 보였지만 일단 주변에 사람이 없다는 게 중요하지.

입원실 문이 완전히 닫히고 발걸음 소리와 그들의 대화 소리가 멀어지는 것을 확인한 건우가 얼른 의자를 가지고 할머니 곁에 바싹 붙어 앉아 손을 잡는다.

"할머니, 어디 아픈 데 없고요? 이불 좀 들어봐요."

할머니가 미소를 지으며 이불을 들추어주자, 건우가 손바닥으로 배를 여기저기 눌러 본다.

"여기, 아파요? 안 아파?"

"안 아파."

수술한 곳을 피해 동그랗게 환부를 눌러보는 건우.

"여기는? 여기는 안 아파요?"

"응, 안 아파."

"봉합한 곳은요?"

"간지러워."

"그건 좋은 거고. 상처가 아문다는 거니까요. 한 보름 있다가 실밥 제거하면 돼요. 그전까진 운동해야 돼요. 너무 힘든 거 말고 살살 걸어 다니는 정도. 처음에는 병원 안에서만 계시고 한 삼 일 후부터 바깥바람도 좀 쐬고 그러세요. 이상한 거 드시면 절대 안 돼요? 제가 드리는 거만 드셔야 돼요. 아셨죠?"

"응."

사람들이 없는 사이 속으로만 했던 할머니 걱정을 토해내는 건우. 할머니는 그런 건우의 손을 꼭 잡으며 웃는다.

"의사 선생."

"예."

"선생 같은 의사가 있어서 참 다행이야."

"……."

이 할머니가. 사람 괜히 감동시키려고 그러는 거지? 고마운 거 알아요, 할머니. 근데 오그라드는 이야긴 좀 삼갑시다. 괜히 민망해지기 싫으니까.

건우가 슬쩍 손을 빼려 하자 할머니가 따뜻한 손에 힘을 주어 다시 잡아끈다.

"사람을 사랑하는 의사가 진짜 의사지."

할머니의 말을 듣는 순간 건우의 머릿속에 번개가 내리친다.

'사람을 사랑하는 의사가 진짜 의사지.'

자신이 그토록 되고 싶었던 막연한 좋은 의사의 진정한 정의. 강원도 시골구석에서 드디어 자신이 되고 싶었던 의사의 정의를 찾아냈다.

“사람을…… 사랑하는 의사요…….”

할머니가 눈웃음을 짓는다.

“응, 선생처럼 말이야. 환자도 병원도 아니고, 직업도 삶 자체도 아닌. 사람을 사랑하는 의사가 있어서 다행이야.”

의사가 된 후, 처음으로 건우의 눈에 눈물이 맺힌다.

막연하게 상상했지만 정의를 내리지 못한 목표. 할머니의 손을 통해 전해지는 따뜻한 체온에 눈을 감은 건우의 심장이 두근거린다.

하지만 아프지 않다. 아프게 두근거리는 게 아니었으니까.

‘사람을 사랑하는 의사. 내가 되고 싶었던 의사의 길.’

이제 너무 때가 타버린 자신.

나는 이제라도 그런 의사가 될 수 있을까? 너무 늦어버린 건 아닐까?

무릉도원 병원 원장실.

심각한 얼굴로 고 과장이 들고 온 필름들을 살피는 원장이 물었다.

"이게 최씨 아저씨 필름이라고?"

고 과장이 커피를 마시며 한숨을 쉰다.

"예, 모건우 선생님이 검사하셨습니다."

"carcinoma recti TNM Stage 2(직장암 2기)로 보이는데."

"예, 그렇다고 합니다."

모두가 관리 할아버지라 부르는 이를 원장은 최씨 아저씨라 부르는 모양이다.

원장이 다시 심각한 눈으로 필름을 보다 테이블 위에 내려놓으며 말했다.

"최씨 아저씨는 뭐라고 하시나? 본인에게 알렸나?"

"모건우 선생이 알렸습니다만, 그저 고개만 끄덕이고 치료를 거부했답니다. 당연하지 않습니까?"

"……."

뭐가 당연하다는 걸까? 고 과장이 답답한 얼굴로 고개를 절레절레 저었다.

"할머니가 돌아가신 후에 그 할아버지 소원이라곤 빨리 할머니 곁으로 가는 것뿐이었으니, 할머니와 같은 병으로 세상을 떠나게 되는 게 꼭 먼저 간 아내가 자기를 데리러 온 걸로 느낄 겁니다. 그러니 치료를 거부하시죠."

"하지만 2기야. 수술하면 살 수 있잖아."

"본인이 안 받겠다는데 뭘 어쩌겠습니까?"

원장은 안타까운 얼굴로 창밖을 바라보았다. 한참 말없

이 밖을 보던 원장이 다시 물었다.

"아니, 애초에 이걸 어떻게 알았다고 하던가?"

고 과장이 무슨 말이냐는 듯 물었다.

"예?"

"직장암이 무슨 징후가 있는 병도 아니고, 2기에 발견하는 사람들은 정기 건강검진을 하다 우연히 조기 발견하는 운 좋은 케이스밖에 없어. 모건우 선생이 어떻게 알고 최씨 아저씨에게 검사를 받자고 한 건지 모르나?"

의료인이 아닌 고 과장이 고개를 저었다.

"그건 잘 모르겠습니다."

원장이 미간을 좁히다 물었다.

"그리고, 감기에 걸렸을 때 약 주겠다는 것도 마다하던 최씨 아저씨를 무슨 수로 검사하게 만든 건가?"

고 과장이 실소를 지으며 말했다.

"그건 잘 알죠."

원장이 어서 말해보라는 듯 고갯짓하자, 고 과장이 미소 지으며 말했다.

"거머리."

"응?"

"완전 거머리였습니다. 하루 종일 따라다니더군요, 주차장 청소할 때, 화장실 청소할 때도. 하다못해 지붕 수리할 때 지붕 위까지 쫓아 올라가더라니까요? 하하, 진짜 끈질

긴 선생입니다."

원장의 한쪽 눈썹이 찌그러진다.

"따라다니면서 검사받으라 졸랐다?"

"예, 맞습니다. 저라고 해도 검사 안 받고는 못 배겼을 겁니다."

원장이 관자놀이를 문지르며 중얼거린다.

"그랬다는 건 확신이 있었다는 건데. 하지만 도대체 어떻게?"

고 과장이 고개를 흔들며 말했다.

"그게 뭐가 중요합니까? 뭔가 의심 가는 점이 있으니 검사하자고 졸랐겠죠. 지금은 할아버지 몸에 암세포가 있고, 어떻게든 살려내야 한다는 게 중요하지 않겠습니까?"

"음, 그건 그런데."

"우리가 나서 볼까요?"

원장이 손사래를 쳤다.

"그러다 그 양반, 병원 나간다고 할 거야. 그냥 집에서 혼자 죽겠다고 하겠지. 괜히 자극하지 말고 일단 천천히 생각해 보자고."

"알겠습니다, 원장님."

삼 일 후, 병원 로비.

휠체어에 앉아 있는 할머니를 데리고 로비로 나온 지수

가 말했다.

"자, 할머니 오늘 처음 밖에 나가시는 거네요. 설레시죠?"

할머니가 눈웃음을 지으며 고개를 끄덕인다.

"응, 바깥바람이 그립네."

"자, 그럼 천천히 일어나 볼까요? 신발 여기 있어요."

슬리퍼를 가져다준 지수.

할머니가 슬리퍼를 신고 일어나려는 찰나, 입원실 문이 열리며 무표정한 건우가 나온다.

막 휠체어에서 일어나려는 할머니를 본 건우가 몸을 움찔했지만 지수를 힐끔거린 그는 품에서 막대사탕을 꺼내 문다.

그런 건우를 보고 실소를 지은 지수가 고갯짓한다.

"선생님, 여기 오신 후 첫 환자신데. 선생님이 첫 산책 도와주실래요?"

건우는 괜히 좋으면서 딴청을 피운다.

"바쁜데."

할머니가 그런 건우를 보고 미소 짓는다. 이제 어렴풋이 건우가 차갑게 대할 때가 어떤 때인지 알 것 같기 때문이다.

눈치 빠른 지수가 시간을 보며 말했다.

"저 오늘 수술 도구 소독해야 돼요. 아시죠? 그런 기본적인 일은 꼭 날짜 맞춰 해야지 위급 상황 대응되는 거."

"……."

"부탁 좀 할게요, 선생님. 네?"

건우가 마지못해 고개를 끄덕이는 척한다.

"뭐, 그러시다면."

"그럼 맡기고 갑니다? 산책 끝나시면 알려주세요."

"그러죠."

지수가 웃으며 입원실로 들어가다 뒤를 돌아보며 할머니와 눈을 마주친다. 지수가 할머니에게 살짝 윙크를 하자, 할머니가 눈웃음을 지으며 고맙다는 듯 고개를 끄덕인다.

무슨 신호가 오가는지 모르고 있던 건우는 지수가 입원실 안으로 완전히 들어가자마자 얼른 달려와 할머니를 부축했다.

"에이, 할머니 빨리 움직이면 안 된다니까? 천천히, 그러다 관절 나가요. 오랫동안 안 움직였잖아."

"응, 알았어."

할머니를 모시고 병원 문을 여는 건우.

"아직 날이 좀 추운데, 담요 가져올까요?"

할머니는 찬 바람을 한껏 들이마신 후 고개를 저었다.

"아니, 이게 좋아. 병원 공기는 답답하잖아. 차가운 바람이 더 시원해."

"아이고, 우리 할머니 아직 젊으시네."

할머니가 건우의 부축을 받으며 천천히 걸었다. 이제 막 피기 시작한 개나리도, 목련도 할머니에게 반갑다는 듯 바람에 살짝 흔들리며 인사해 온다.

할머니는 꽃들을 보며 웃음 짓다 물었다.

"그런데 선생은 몇 살이야?"

"저 서른여섯이요, 아직 창창합니다, 전."

할머니는 꽃잎을 만지며 말했다.

"늙은 사람은 자기가 두 번 다시 젊어질 수 없다는 것을 알고 있지만, 젊은이는 자기가 나이를 먹는다는 것을 잊고 있는 법이지."

"에이, 저 아직 젊거든요?"

"하하, 그래."

이 할머니가…… 84세였지? 우리 엄마도 곧 이렇게 나이 드시겠지? 늙는다는 건 어떤 기분일까? 할머니는 피어나는 꽃잎들을 보며 말했다.

"늙으면 죽는 것이 자연의 이치야. 그래서 우리는 나이를 먹어감에 따라 몸이 쇠약해지고 병에 시달리게 되어 끝내는 인생을 지겹게 여기게 되는 거지. 하지만 바보 같은 짓이야. 노인이 되는 것은 비참한 사람이 되는 것이 아니거든."

노인이 되는 것은 비참한 것이 아니다. 머리로는 알고 있다. 하지만 그게 어떤 것인지 정확히 정의하진 못한다.

"그럼 어떤 사람이 비참해요?"

할머니가 웃으며 답한다.

"자기의 나이답게 살 수 없는 사람만이 비참한 사람이지."

건우의 얼굴에 슬쩍 미소가 떠오른다. 이 할머니, 처음 올 때는 아프다고 어린아이 같은 말투로 말했는데, 지금 와서 보니 인생 선배다운 진짜 어른이었다.

"할머니 여기 혼자라서 심심하시죠?"

"아니, 선생도 있고 간호사들도 잘해줘. 말벗도 돼주고."

"간호사가요?"

"응, 지수라는 간호사가 참 잘해줘. 화장실 가고 싶을 때도 다 도와주고."

요양병원 간호사가 아닌 이상 남이 용변 보는 걸 돕고 싶은 간호사는 없다. 귀찮고 싫었을 텐데 할머니가 이리 말씀하시는 걸 보니 제대로 잘 대해줬나 보다. 역시 김지수 간호사는 여러모로 합격이다.

할머니가 개나리꽃을 가리키며 말했다.

"이건 은비 닮았네."

응? 지중해식 음식을 잘해 합격 판정을 받아낸 그 이은비 간호사?

"은비 씨가 왜요?"

"귀엽고 발랄하잖아, 보고 있으면 기분이 좋아져."

음? 은비 씨가 그랬나? 나한텐 안 그러던데. 듣다 보니 다른 사람들 평가도 궁금하다.

"다른 사람들은 어때요?"

"음, 그 젊은 여선생 있지? 혜선인가……?"

"네, 똥꼬발랄한 인턴 선생이죠."

"하하, 맞아. 딱 맞는 말이네. 예전에 우리 할아범 살아 있을 때 개 한 마리를 키웠는데 딱 그런 성격이었어."

"푸하하!! 개요?"

"하하, 응. 조금만 뭐라고 해도 금방 풀이 죽고, 조금만 잘해줘도 금방 꼬리를 쳤지."

"알기 쉬운 성격이죠?"

할머니가 건우를 올려다보며 말했다.

"개가 알기 쉽다고 생각해?"

"아닌가요? 솔직히 좀 그렇죠. 소리 지르면서 사랑해!! 하면 도망가고, 다정한 말투로 우쭈쭈 죽여 버릴까? 하면 꼬리 치는 게 강아지잖아요."

할머니가 인상을 쓰며 말했다.

"그러면 못써. 강아지들 다 알아. 주인이 장난치는 거 아니까 좋아하는 거지. 무슨 말인지 다 알아들어. 그러지 말아."

"하하, 그런가요?"

할머니가 병원 쪽을 바라보며 말했다.

"잘해줘, 그런 성격일수록 상처를 잘 받아. 긍정적이라 회복도 빠르지만 사람 마음에 상처를 주면 안 돼. 선생 의사니까 알지? 수술해서 사람 낫게 해줄 순 있어도 수술 자국은 죽을 때까지 남는 거."

"음."

이 할머닌 현자일까? 머리에 쏙쏙 들어오는 인생의 진리 공부 시간이야 뭐야?

꽃을 구경하고 있는 할머니를 물끄러미 보고 있던 건우의 시야 속에 컨테이너 문을 열고 고양이 밥을 주러 나온 할아버지가 보인다.

그의 모습을 보자마자 또 가슴이 시큰해지는 건우가 인상을 쓰며 한숨을 쉰다.

"하."

갑자기 한숨을 쉬는 건우 덕에 고개를 돌린 할머니가 건우가 바라보고 있는 쪽을 보며 물었다.

"관리 아저씨 아니야?"

"예."

"그런데 왜 한숨을 쉬어? 둘이 싸웠어?"

"아이고, 할머니. 저 할아버지 나이가 90이 넘었는데 저랑 싸우시겠어요?"

"그럼?"

건우가 한숨을 푹푹 쉬며 자초지종을 설명하자, 할머니가 혀를 차며 말했다.

"아이고, 안됐네. 죽은 사람을 그리워하는 감정은 내 나이쯤 되면 다들 이해하지."

아, 이 할머니도 혼자라고 했었지? 그러고 보니 우리 엄마도 혼자네. 저녁때 전화나 해야지.

"할아버지는 언제 돌아가셨어요?"

"나? 한 10년쯤 전에."

"왜요?"

"심장이 안 좋았어. 수술도 두 번 했는데 어느 날 갑자기 가버렸어."

"준비할 시간도 없었겠네요."

"그랬지."

"저도 그 기분 알아요."

"응? 선생이?"

어쩌면 처음일지도 모르겠다. 이상하게 경계심을 해제시키는 할머니 앞에서 난생처음으로 남에게 아빠 이야기를 하는 건우.

오래된 기억이라 의외로 담담하게 말하는 건우의 설명을 들은 할머니가 따뜻한 손으로 등을 쓰다듬어 주신다.

"그런 일이 있었구나, 선생도 힘들었겠다."

"하하, 뭐 이제 괜찮습니다."

"괜찮을 리가 있어? 죽음은 말이야, 죽은 사람은 아무것도 몰라. 슬픔은 전부 남아 있는 사람 몫이니까. 아빠의 죽음도 선생과 엄마에게 평생의 슬픔으로 남겨진 일이겠지. 평소에는 괜찮아도 어느 날 문득, 불현듯 생각나면 눈물

나고 그런 거야. 시간이 지나면 그런 일이 조금씩 줄어들지만 그래도 한 번씩 어김없이 찾아오지. 그게 죽음이야."

"하하, 할머니 무슨 스님같이 이야기하세요."

할머니가 빙긋 웃으며 말했다.

"내가 좀 그렇지? 동네 할망구들도 나한테 비구니 같단 소릴 많이 해, 하하."

"하하."

건우를 보며 웃던 할머니가, 고양이 밥을 다 털어준 후 다시 컨테이너로 들어가려다 멀리 건우가 서 있는 걸 물끄러미 보는 할아버지를 바라본다.

아주 잠시 시선을 던진 후 무심하게 컨테이너로 들어가 버리는 할아버지를 본 할머니가 말했다.

"선생."

"예?"

"저 할아범 고치고 싶어?"

"음, 모르겠어요."

"몰라?"

"네, 환자가 원하지 않는 치료를 강행하는 건 의료법에 어긋나니까요."

"아니, 법 말고."

"그럼요?"

"선생이 고치고 싶은지 묻는 거야."

할머니가 손을 뻗어 건우의 왼쪽 가슴에 손을 얹는다.

"이 가슴이. 의사의 가슴이 저 할아범을 살게 하고 싶은가, 그걸 묻고 있는 거야."

두근두근. 또다시 두방망이질 치는 심장. 혜영 이모가 또 난리를 친다. 심장이 가슴 밖으로 튀어나올 듯 뛰는 것을 느낀 건우가 살짝 인상을 찌푸린다.

"하, 하하…… 그런 것 같아요."

할머니가 가슴에서 손을 떼곤 다시 컨테이너를 한참 바라본다.

"그래? 그렇단 말이지."

음? 이 할머니가 뭔가 꾸밀 것 같은 이상한 느낌이 든다.

웃지 않는 노인(2)

일주일 후, 오늘은 말년 할머니가 첫 외출을 하는 날이다. 할머니의 외출이 마음에 들지 않은 건우가 인상을 쓰며 로비로 마중을 나왔다.

"꼭 가야 돼요? 할머니 아직 안 나았다니까 그러네?"

말년 할머니는 오랜만에 환자복이 아닌, 처음 입고 왔던 옷으로 갈아입고 팔을 빙빙 움직인다.

"아냐, 나 괜찮아. 이거 봐. 잘 움직이잖아."

"그게 뭐예요. 다리는 안 움직이고 팔만 움직이면서."

"하하, 그건 수술하기 전에도 그랬어. 무릎이 안 좋아서."

"데려다 드려요?"

"아니, 난 오토바이 못 타. 무서워서."

차를 한 대 살까? 에이, 그럴 돈 있으면 엄마한테 돈을 더 주지. 잠시 든 생각을 지워 버린 건우가 물었다.

"집에 왜 가는데요?"

"어, 가게를 너무 오래 닫아서 걱정이 돼서."

건우가 인상을 구긴다.

"설마 그 몸으로 장사하겠단 건 아니죠?"

"아냐, 아냐. 그냥 가게 잘 있나 한번 둘러보고 올게. 속옷도 좀 챙겨와야 되고."

할머니는 보호자가 없다. 모든 것을 자신이 챙겨야 한다. 그런 할머니를 지켜보는 건우가 또 다시 저릿한 가슴을 매만지다, 막대사탕을 꺼내 입에 물곤 할머니를 부축해 병원 밖으로 나가려 한다.

"응? 나 진짜 괜찮아."

"버스 정류장까지만."

"선생 바쁘잖아."

"놀리는 거예요? 환자라곤 할머니밖에 없는데 뭐가 바빠요."

"하하, 그런가? 그럼 정류장까지만."

"네, 가요."

할머니를 모시고 천천히 정류장 방향으로 걷던 건우가 물었다.

"근데 할머니는 무슨 가게 해요?"

"나 찐빵 가게."

"오, 맛있어요?"

"당연히 맛있지. 버스 타고 10분쯤 가면 황둔 찐빵마을이라고 있어. 동네가 전부 찐빵 가게 하는 마을."

"동네가 전부요? 그래서 뭘 장사를 해요?"

"동네 사람 상대하는 게 아니지 뭐. 관광객들 상대하는 거야."

"여기 관광객이 왜 와요, 뭐가 있다고."

"여기 계곡도 있고 좋아. 여름에 사람도 많이 와."

"음, 그래요?"

"응, 올 때 찐빵 좀 쪄다 줄까?"

순간 침이 입 밖으로 흐를 뻔했다. 하지만 필사적으로 참아낸 건우가 고개를 저었다.

"아뇨, 할머니 힘들어서 안 돼요. 어, 저기 버스 온다."

건우가 손을 흔들어 버스를 세운다.

본래는 정류장에 가서 설 버스였지만 자신이 의사 가운을 입고 할머니를 데리고 있어 그런지 바로 앞에 세워주는 기사님에게 꾸벅 인사를 한 건우가 할머니를 태우며 말했다.

"볼일만 딱 보고 와요, 이상한 거 주워 드심 큰일 납니다, 진짜? 알았죠?"

"어어, 알았어. 선생 어여 들어가."

버스가 출발하고 할머니는 창문을 열고 손을 흔든다. 시야에서 버스가 완전히 사라질 때까지 바라보던 건우가 다시 터덜터덜 걸어 병원으로 올라간다.

"찐빵 맛있겠다."

나중에 한번 가서 사 먹지 뭐. 버스로 10분이면 스쿠터 타고 가도 금방 가겠지.

이런저런 잡생각을 하며 병원으로 올라가는 길. 저 멀리 삽을 들고 내려오는 인영을 본 건우가 발걸음을 멈췄다. 최씨 할아버지가 삽을 들고 내려오고 있기 때문이다.

건우를 봤지만 못 본 척 앞만 보고 걷는 할아버지. 건우가 자신을 스치는 할아버지를 삐딱한 눈으로 본다.

"진짜 치료 안 받을 겁니까?"

"……."

"할아버지."

할아버지는 한 번도 건우의 눈을 마주치지 않고 그대로 내려가 버린다.

젠장, 저 망할 할아범. 사람이 말을 하는데 씹어 먹어 버리고. 맛있냐? 콧바람을 한번 내뱉은 건우가 돌아서서 병원으로 뛴다.

할아버지가 자리를 비운 이때야말로 귀여운 고양이들에게 마음껏 소시지를 줄 찬스이기 때문이다.

바람처럼 달려간 건우가 고양이 집 앞에 쪼그리고 앉아 소시지를 내밀자, 여러 번 먹을 걸 줘서 그런지 경계심 없이 다가오는 아기 고양이들.

건우가 초승달같이 휘어진 눈으로 말했다.

"많이 많이 먹고, 무럭무럭 크는 거야. 그렇다고 비만 고양이가 되면 안 되는 거 알지? 살쪄서 좋은 건 옷감 만드는 사람밖에 없는 거야. 너희들은 옷도 안 입잖아? 그럼 아무도 안 좋아, 건강에만 나쁘지. 형이 알아서 잘 조절해 줄게, 말 안 하는 할아범이 밥 너무 많이 주면 먹지 말아버려. 적당히 먹는 거야, 알았지? 쭈쭈."

오랜만에 방해 없이 편안하게 고양이들과 시간을 보낸 건우가 한참 만에 병원으로 들어오자, 로비에 있던 고 과장이 물었다.

"잠깐 자리 비운 사이에 말년 할머니께서 외출을 하셨더군요. 잘 가셨습니까?"

자리 좀 비워라, 이 양반아. 거기 자석이라도 붙은 것도 아니고 맨날 그 자리에 붙어 있냐?

"예, 잘 가셨습니다."

"다행이군요, 이제 슬슬 식사도 하실 수 있지 않나요?"

"음, 부드러운 음식이라면 소량으로 가능하긴 하죠."

"그거 큰일이군요."

"예?"

뭐가 큰일이라는 거야? 할머니 병이 나아간다는데 왜 큰일이야?

건우가 째려보자 고 과장이 손사래를 쳤다.

"하하, 오해하지 마세요. 저희 병원에 식당이 없어 그런 겁니다. 제공할 수 있는 환자식이 없거든요. 이런 캔밖에.”

고 과장이 흔드는 캔. 환자용 영양 죽을 캔 형식으로 만들어 시판되는 제품이다.

저래 보여도 꽤 먹을 만하다. 음, 그러고 보니 할머니가 뭘 좀 드셔야 할 때가 오는데. 이 망할 병원은 식당도 없었지, 참.

건우가 물었다.

“지금까진 어떻게 하셨는데요?”

“음, 입원하는 환자가 거의 없었지만 아주 가끔 그런 일이 있으면 환자 상태에 따라 다르게 대응했습니다.”

“어떻게요?”

“잘 아는 식당에 배달을 부탁하죠. 가끔 할머니처럼 아무 음식이나 드시면 안 되는 환자도 있었는데 그땐 간호장님께서 죽을 좀 끓여주셨습니다.”

음, 그만둔 간호사 아줌마. 꽤 여러 방면에서 능력 있었구나.

“배달 안 되던데요.”

고 과장이 웃으며 손바닥을 비볐다.

“그러니 아는 식당에 특별히 부탁한 거죠. 원장님과 친한 사장님이 한 분 계시거든요.”

“음…….”

바로 그때 병원 밖에 자동차 소리가 들려온다. 브레이크

소리가 요란하게 울리고 차에서 내린 사람들이 소리치는 것이 들린다.

"조금만 참아, 다 왔어!"

"아씨, 거기 잡지 마. 아프다니까?"

"알았어, 계집애. 그러니까 이 추운 날 뭔 계곡에 발을 담근다고! 이리 와봐. 부축해 줄게."

"나도, 나도."

"넌 걸을 수 있잖아. 다친 건 손인데 왜 부축을 해!"

음? 여자애들 소린데. 그것도 아주 젊은 아이들.

잠시 후, 문이 열리고 20대 초반으로 보이는 여성이 고등학생 여자아이를 부축하고 들어온다. 그 뒤로 손에서 피를 흘리고 있는 여고생도 따라 들어온다.

로비에 서 있는 건우를 본 여성이 급히 말했다.

"선생님! 제 동생들이 계곡에 내려갔다 넘어져서 다쳤는데 좀 봐주세요!"

그렇게 말을 하는 여성도 왜 그랬는지 오른쪽 볼 근처가 긁혀 있다.

막대사탕을 입안에서 굴리며 무심한 얼굴로 서 있는 건우.

고 과장이 얼른 그를 툭 건드렸다.

"선생님?"

아, 이 병원에 외과의사는 나 혼자지. 아 귀찮아, 중곤이 어디 갔어?

건우가 입원실 방향을 고갯짓하며 말했다.

"이쪽입니다."

고 과장이 얼른 나서서 여고생의 다른 팔을 부축한다.

"아이고, 힘드셨겠다. 어서 들어가시죠."

고 과장이 도와주어 한결 나은지 언니라 불린 이가 한숨을 돌린다.

"감사합니다, 아저씨."

"아, 아저씨…… 가 아니라 원무과장입니다만."

"아, 죄송해요. 과장님."

앞서가던 건우가 피식 웃었다. 처음 보는 사람이 당신이 과장인지 실장인지 어찌 안다고. 당연히 아저씨라고 부르지.

건우가 침대 하나를 가리키며 말했다.

"여기 눕히세요, 거기 손 다친 학생은 저 옆 침대로."

언니가 여고생을 부축해 눕혀준다. 좀 더 심각해 보이는 건 다리를 다친 학생 쪽이다.

건우가 의자를 끌고 와 다리를 보니, 발목 7㎝ 윗부분에 찰과상이 있다. 이 정도면 상당히 쓰렸을 것 같지만 봉합을 해야 할 수준은 아니다.

건우가 학생의 발목을 슬쩍 누르니 죽는다고 비명을 질러댄다.

"아악!! 아파요!"

"여기는?"

"아악!! 거기도요!"

"바지 좀 올려봐요."

정강이 부근까지는 확인해 봐야 하기에 말한 것이다. 여고생은 괜히 얼굴을 붉히고 말했다.

"아파서 그런데 선생님이 좀 올려주심 안 돼요?"

막대사탕을 물고 있는 건우. 그의 얼굴을 힐끔거리는 여고생이 수줍게 말하자 물끄러미 그녀를 보던 건우가 일어나며 말했다.

"그러죠, 뭐."

도구 통에서 가위를 꺼내온 건우를 본 여고생이 눈을 깜빡이며 물었다.

"가위는 왜요?"

건우가 가위를 움직여 보이며 말했다.

"드라마 안 봤어요? 응급실에선 원래 이럴 때 옷 자르는 건데."

"아!! 아아! 아뇨, 그냥 제가 올릴게요!"

진즉 그럴 것이지, 어디서 애교를 부려. 후다닥 바지를 걷어 올리는 여고생.

멍이 든 곳은 없는지 이리저리 살펴본 건우 옆에 서 있던 고 과장이 걱정되는 어투로 말했다.

"어쩌죠? 우리 병원엔 정형외과가 없는데."

옆에서 함께 지켜보던 언니가 물었다.

“그럼 어떡해요, 과장님?”

언니와 고 과장이 대화하는 것을 듣고 있던 여고생이 잘생긴 건우의 얼굴을 훔쳐보고 있는 바로 그때. 여고생이 놀란 표정을 지었다.

“응?”

분명히 방금 자기 다리를 보고 있던 잘생긴 선생님의 한쪽 눈이 번쩍했다. 가만, 가만히 보니 한쪽 눈 색이 파란색이잖아?

‘와, 멋지다.’

찰나의 순간 동안 여고생의 다리를 살핀 건우가 솜에 소독약을 묻혀 핀셋으로 집은 후 쓱쓱 환부를 소독하며 말한다.

“괜찮습니다, 염좌(sprain)라고. 그냥 삔 정도예요. 하루 이틀 쉬면 낫습니다.”

정형외과가 없더라도 하얀 가운을 입은 사람의 말은 항상 안심이 되는 법이다.

언니가 안도의 한숨을 쉬며 말했다.

“다솔이 상처는 괜찮나요?”

다솔이? 아, 이 아이 이름이 다솔이구나. 건우가 소독을 하며 고개를 끄덕인다.

“예, 찢어진 건 아니고, 여러 군데 긁힌 거라 소독하고 드레싱하면 됩니다.”

“하, 다행이네요. 고맙습니다.”

"다음 학생 봅시다."

발랄해 보이는 첫 여고생과 달리 무척 얌전해 보이는 여고생이 옆 침대에 다소곳이 앉아 있다.

건우가 의자를 끌고 가 손을 내밀자 바로 다친 곳을 보여주는 학생.

"음, 이건 봉합해야겠네."

엄지와 검지 사이 손아귀 부분이 찢어졌다. 손바닥 부분에도 쓸린 자국이 있으니 드레싱을 해야겠다.

마침 다른 일을 하다 입원실을 들여다보는 지수와 눈이 마주친 건우.

신호를 줄 필요도 없다. 바로 상황을 파악한 지수는 스테이션에 가 봉합에 필요한 재료들을 가지고 온다.

건우가 얌전한 학생을 보며 물었다.

"국소마취 해야 되는데 마취제 알레르기 같은 거 있어요?"

그냥 말을 걸었을 뿐인데 얼굴이 빨개지는 여고생.

"아니요……."

"해본 적은 있고?"

"네…… 어릴 때요……."

음, 사춘기인가? 지수가 전해주는 주사기를 건네받은 건우가 마취 주사를 놓고 말했다.

"10분 후에 봉합해 줄게요."

"저기, 말씀 편하게 하셔도……."

"예?"

"그, 그냥 반말하셔도 돼요."

건우가 언니 쪽을 돌아보자 웃음 지은 언니가 말했다.

"그냥 편하게 해주세요, 선생님. 동생들도 그게 편할 것 같은데."

그래? 조금 있으면 후회할 텐데. 너희들이 선택한 거다?

가만히 언니를 보다 두 동생을 번갈아 본 건우가 얌전한 학생에게 고갯짓한다.

"이름?"

"예?"

"이름 뭐냐고."

"민서요."

"넌 민서. 쟤는 다솔. 맞아?"

"네."

건우가 인상을 굳히며 말했다.

"지금 4월인데 뭐 하러 계곡엔 기어들어 가? 날 안 풀렸을 때 뼈 다치면 잘 붙지도 않아, 이놈들아."

건우의 질책. 민서는 어깨를 움찔했고 다솔이는 그런 건우가 재미있는지 낄낄거린다. 언니는 오히려 야단을 쳐주니 속이 시원한 표정을 짓는다.

서슬이 퍼런 기세로 두 학생을 노려보는 건우.

민서가 그런 건우의 기세에 서서히 주눅이 들 때쯤 입원실 문이 열리며 보자기를 든 할머니 한 분이 들어오자, 그렇게 무서웠던 건우의 기세가 눈 녹듯이 사라진다.

“할머니, 왜 이렇게 늦게 왔어요!”

말은 차갑게 해놓고 재빨리 달려가 할머니를 부축하는 건우. 양면성이 두드러지는 이상한 의사를 보는 두 여고생이 고개를 갸웃거린다.

말녀 할머니가 보자기를 내민다.

“이거.”

“어? 이거 뭔데요.”

“찐빵.”

“아! 좀! 내가 일하지 말라고 했잖아요!”

“일 안 했어. 그거 미리 얼려둔 건데 그냥 찌기만 한 거야. 계속 그냥 두면 못 먹게 되니까 아깝잖아.”

“가게 냉장고에 있던 거예요?”

“응, 상할 것 같길래 병원 식구들이라도 주려고 가져왔지.”

또 침이 흘러나올 뻔한 건우. 고 과장과 지수도 꽤 기대되는 눈빛을 보낸다. 웃기는 건 다솔이와 민서도 기대하고 있다는 것이다.

뭐냐, 너희들은. 언제 봤다고 공짜 음식을 기대하는 거지? 건우가 슬쩍 보자기를 뒤로 빼며 지수에게 넘긴다. 이런 때 그나마 가장 믿을 만한 사람이다.

"이따 먹죠."

"네, 선생님. 챙겨둘게요."

지수가 찐빵을 옆에 두고 할머니를 부축해 환자복을 갈아입히러 간다.

민서에게로 가 마취가 완전히 되었는지 눌러본 건우가 도구들을 들고 말했다.

"몇 바늘 안 꿰매. 안 아프니까 엄살 부리지 말고."

"네……."

겁먹은 얼굴의 민서. 고개를 돌리고 눈을 꼭 감은 민서는 의외로 거의 느낌이 없는 손을 돌아보았다.

'와…….'

이 선생님. 손이 빠르다. 엄청나게 빠르다. 그런데 하나도 안 아프다. 마취를 해서 그런 걸까? 엄청 대단한 의사 선생님이었던 걸까?

멀리서 구경하던 다솔이도 놀란 얼굴로 엄지를 치켜든다.

"와, 의사 아저씨 손이 안 보여요."

시끄러워, 이 질풍노도의 여고생들아. 이 손이 어떤 손인데. 네 녀석들이 세계적인 응급의료의 닥터 램지를 알아?

봉합을 끝내고 소독 후 드레싱을 하자, 침대에 누워 있던 다솔이가 말을 건다.

"아저씨."

언니가 다솔이 등을 때리며 도끼눈을 뜬다.

"선생님이라고 불러!"

"아! 아씨. 알았어. 나한테만 지랄이야."

"말 예쁘게 안 해?"

"알았다고."

언니를 째려본 다솔이가 다시 건우를 본다. 말을 걸든 말든 자기 할 일을 마치고 간호사 스테이션에 도구 함을 놓고 입원실을 나가려는 건우.

"선생님!"

아, 또 뭐. 나 찐빵 먹으러 가야 돼. 부르지 마, 이 악마의 여고생들아.

건우가 무표정하게 돌아보자 다솔이가 웃는다.

"하하! 무표정한 얼굴로 막대사탕 물고 있는 거 엄청 웃긴 거 알아요?"

건우가 싸늘하게 다솔이를 바라본 후 다시 몸을 돌리자, 다솔이가 다시 외친다.

"선생님! 우리도 찐빵!!!"

지랄하네, 내가 너한테 찐빵을 왜 주냐? 나 먹을 것도 없는데.

로비로 나온 건우의 눈에 책상 위에 보자기를 펼쳐놓고 이미 하나를 먹고 있는 고 과장이 보인다.

저 양반이. 나한테 준 건데 왜 당신부터 처먹어! 건우가 빠른 걸음으로 보자기를 확인한 후 안심하는 얼굴이 되었다.

고 과장이 웃으며 말했다.

"할머니 손이 참 크시네요. 무슨 찐빵을 30개나 쪄 오셨답니까? 배 터지겠네요."

"싸갈 겁니다."

"예?"

"집에 가져갈 거라고요."

"아, 그러세요."

고 과장이 하나를 더 집어 들더니 가져가라는 듯 손짓한다. 하나 더 주는 게 아깝지만 그래도 많으니까 봐준다. 이걸로 스쿠터 신세는 다 갚은 거다.

건우가 고 과장을 째려본 후 보자기를 닫으려는데 한가한 원장이 로비로 나오며 냄새를 맡는다.

"오, 이게 무슨 맛있는 냄샙니까?"

고 과장이 얼른 나서며 말했다.

"원장님, 말년 할머니께서 외출하셨다 돌아오시면서 찐빵을 좀 가져오셨습니다. 드셔보시죠."

제기랄, 고 과장. 이거 내 거라니까? 왜 당신이 여기저기 나눠줘, 죽을래?

건우가 자신을 노려보자 움찔한 고 과장.

하지만 원장은 그것을 못 본 듯 걸어와 찐빵 하나를 들고 베어 문다.

"맛있네요. 이건 앙금이 팥이 아니네? 이게 뭐지?"

우물우물 씹어보던 원장이 말했다.

"아, 이거 검은깨네. 특이하군."

고 과장이 눈을 크게 뜨며 보자기를 보았다.

"검은깨요? 제가 먹은 건 고구마 앙금이었는데."

"음? 맛이 다 다른가?"

고 과장이 다시 보자기를 본다. 건우가 움찔하며 빠르게 보자기를 여며 버리자, 아쉬운 눈빛을 보내는 고 과장이 기어들어 가는 목소리로 말한다.

"아니, 다른 맛도 좀……."

됐어, 넌 두 개나 먹었잖아. 이거 지수 씨랑 은비 씨랑 중곤이랑 혜선이 주고 나면 몇 개 안 남아.

건우가 다시 고 과장을 싸늘하게 노려보고 있을 때 환자복을 갈아입은 할머니가 지수의 부축을 받으며 나온다.

원장이 들고 있던 찐빵을 흔들며 웃는다.

"심 여사님, 찐빵이 아주 맛있네요. 잘 먹겠습니다."

말년 할머니가 곱게 웃으며 고개를 끄덕인다.

지수의 손을 잡고 입원실로 들어가는 할머니 걸음걸이를 유심히 보는 건우. 음, 별 이상은 없어 보이네.

할머니를 살피다 보자기를 잘 싸서 아무도 훔쳐 먹지 못할 곳을 찾는 건우. 그런데 이 망할 병원은 너무 작다. 어디 숨겨놓을 곳이 없네.

그때 로비로 나온 지수가 자신을 부른다.

"모건우 선생님, 할머님이 찾으세요."

결국 숨기지 못한 보자기. 로비에는 침을 잔뜩 흘리고 있는 고 과장이란 악마가 있다. 할 수 없이 들고 들어갈 수밖에.

입원실로 들어온 건우를 본 할머니가 손을 내밀며 말했다.

"보자기 좀 줘봐."

순순히 보자기를 내민 건우. 하나 먹어보라고 주시려나 보다. 할머니는 침대에 앉아 보자기를 푼 후 다솔이와 민서에게 손짓한다.

"애들아, 이거 맛 좀 볼래?"

헉, 하, 할머니? 그거 나 준 거잖아! 눈치 없는 다솔이가 절뚝거리면서도 얼른 달려온다. 저거 봐, 저거. 다리 아프다는 거 다 구라지.

민서도 머뭇거리며 다솔이 옆에 선다. 사람 좋은 얼굴로 웃는 할머니가 찐빵 세 개를 꺼내 주며 말했다.

"언니도 하나 주고, 하나씩 먹어."

다솔이 밝게 웃는다.

"잘 먹겠습니다!"

민서는 수줍은 얼굴로 두 손으로 곱게 받는다.

"고맙습니다, 할머니."

제기랄, 지금 몇 개가 사라졌지? 총 30개에서 애들 셋, 고 과장 둘, 원장 하나. 벌써 여섯 개나 사라졌잖아! 병원 식구들 주고 나면 스무 개도 안 남겠다. 집에 가져가서 삼일 밤낮을 먹으려고 했는데.

할머니가 건우에게도 하나를 내민다.

"이거, 먹어봐."

아직도 김이 모락모락 나는 찐빵. 더 이상 못 참겠다. 그래, 병원에 기생하는 아귀 놈들이 다 먹어 없애는 걸 눈앞에서 보느니 배가 터져도 여기서 다 먹고 죽는다.

건우가 찐빵을 통째로 입에 넣는 걸 본 할머니 눈이 동그래진다. 입안 가득 퍼지는 고소한 내음.

건우가 무표정하게 손을 내민다.

"아아 어우에오.(하나 더 주세요)"

"응? 선생, 배고팠어?"

건우가 고개를 끄덕이자, 하나를 더 주는 할머니. 입안 가득 물고 있음에도 또 손에 다음 먹을 걸 들고 있는 건우를 물끄러미 보던 할머니가 자기 찐빵을 먹으며 수다를 떠는 다솔이와 민서를 보고 흐뭇한 얼굴이 된다.

"와, 민서야, 이거 진짜 존맛탱, 엄청 맛있다! 이거 뭐야? 감자인가?"

"어, 내 꺼는 자색 고구마 같은데. 되게 맛있다."

"별스타그램에 올리자!"

"그래, 나도 올릴게."

"할머니! 가게 이름이 뭐예요?"

할머니는 웃으며 보자기에서 또 찐빵을 주섬주섬 꺼낸다.

"응, 황둔마을 심 할머니 찐빵이야. 하나씩 더 먹을래?"

"네!"

"좋아요."

안 돼! 그만 주라고요, 할머니. 그거 다 내 양식이라니까? 찐빵을 받으러 온 민서를 슬그머니 어깨로 밀쳐봤지만 건우를 피해 찐빵을 건네는 할머니.

젠장, 몇 개가 사라지는 거야? 뭐야, 왜 또 꺼내? 이번엔 세 개야? 또 어디다 주려고.

할머니가 종이 하나를 펼쳐 찐빵 세 개를 올려둔 후 말했다.

"이건 관리 할아버지 가져다 드려."

"……."

"응? 지금 계시지?"

하, 그 말도 안 하는 영감이 뭐가 예쁘다고 내 피 같은 찐빵을. 할머니가 종이를 내밀며 재촉한다.

"어서 가져가 드려, 식기 전에 먹어야 맛있어."

"예……."

풀 죽은 건우가 찐빵을 들고 일어난다. 확 밖에 나가서 내가 다 먹어 버릴까? 하, 안 되겠지. 할머니 당분간 입원할 텐데 중간에 물어보기라도 하면 입장이 곤란해질 거야.

터덜터덜 걸어 나간 건우가 병원 밖으로 나가 불이 켜진 컨테이너 앞에 서서 노크를 한다.
“저기요.”
“…….”
“할아버지.”
“…….”
답은 들려오지 않고 부스럭거리는 소리가 나더니 또 뭐냐는 듯한 얼굴로 문을 여는 할아버지. 여러모로 마음에 안 드는 양반이다.
무표정한 얼굴로 찐빵을 내민 건우.
“입원한 할머니 있죠? 그분이 갖다 드리랍니다.”
가만히 찐빵을 보며 무슨 꿍꿍이냐는 눈빛을 보내는 할아버지. 인상을 구긴 건우가 손을 내밀며 말했다.
“식기 전에 드시랍니다, 빨리 받으시죠. 나도 주고 싶어서 온 거 아니니까.”
눈앞에서 흔들리는 찐빵을 보던 할아버지가 그것을 받아 들자 몸을 획 돌리는 건우.
찐빵이 몇 개 사라졌는지 계산하는 건우는 지금 할아버지보단 빨리 돌아가서 찐빵을 더 먹겠다는 생각뿐이다.
“근데 진짜 맛있네?”
그냥 할머니 손맛 정도를 기대했는데 기대 이상이다. 얼른 가서 먹어야지.
부리나케 달려온 입원실. 그런데 입원실 풍경은 자신이

나가기 전과 달리 아수라장이다.

"우와, 진짜 맛있다!"

"음, 진짜네. 이거 다 맛이 다른가 봐."

"지수야, 너도 먹어봤어? 먹어봐. 진짜 맛있다, 이거."

젠장, 중곤에 혜선에 은비까지. 지수도 하나 들고 있다. 몇 개 남은 거냐, 이제.

얼른 달려간 건우가 할머니에게 손을 내밀자, 할머니가 달라는 찐빵은 안 주고 묻기부터 한다.

"할아범한테 주고 왔어?"

"네."

"그래, 그럼 더 먹어."

또 찐빵 하나를 주는 할머니. 또 한입에 통째로 먹어버리는 건우가 다시 손을 내밀자, 웃으며 하나를 더 주신다.

눈치 없는 혜선이 달려와 말했다.

"할머니! 진짜 맛있네요. 할머니가 직접 하신 거예요?"

"응, 다 내가 만들었지. 반죽도 앙금도 전부."

"진짜 이거, SNS 올리면 히트할 것 같은데. 하나만 더 먹어도 돼요?"

"그럼, 먹어."

젠장, 이 눈치 없는 불합격자가. 건우가 또 등으로 혜선을 막아봤지만 그녀는 얼른 손을 내밀어 찐빵을 낚아채곤 입에 문다.

"진짜 맛있어."

그러니까 네가 불합격자인 거야, 이 눈치 없는 인턴아.

저녁 아홉 시.

오늘 할 일을 모두 마친 최씨 할아버지가 컨테이너로 들어왔다가 내부를 가득 메운 고소한 냄새에 멈칫한다.

아까도 좀 출출했지만 마음에 들지 않는 건우가 주고 간 거라 먹지 않고 그냥 두었던 다 식어버린 찐빵.

물끄러미 소파 위의 찐빵을 바라보다 소주를 하나 까 잔도 없이 꿀꺽꿀꺽 마신 할아버지가 찐빵을 한입 먹는다.

이미 먹어본 기억이 있는지 다른 사람처럼 놀라진 않는 할아버지는 우걱우걱 기계적으로 찐빵을 씹어 삼키다 문득 눈에 들어온 할머니 영정 사진을 본다.

할머니 얼굴과 찐빵을 번갈아 보던 할아버지는 한참을 그대로 앉아 있다 조용히 찐빵을 내려놓는다.

"혼자 맛있는 거 먹어서 미안해, 할멈."

처음으로 목소리를 내는 할아버지.

그가 다시 소주를 한 모금 마신 후 컨테이너 밖에 또 인기척이 나는 걸 느끼곤 인상을 구긴다.

또 그 망할 끈덕진 의사 놈이 온 것이 분명하다. 이번엔 또 무슨 일일까? 하도 귀찮게 해서 검사도 받았는데 자꾸만 찾아오는 게 여간 귀찮은 게 아니다.

한껏 인상을 구기고 일부러 발소리를 쿵쾅거리며 문을 벌컥 연 할아버지. 하지만 문밖에는 의외의 인물이 서 있었다.

"……."

말년 할머니다. 곱게 웃는 할머니가 환자복 위에 점퍼를 걸치고 서 있다.

"찐빵 맛 좀 보셨어요?"

"……."

생각지도 않았던 손님의 방문에 할아버지는 당황하며 뒷걸음질을 친다.

다음 날 아침, 지수와 함께 병원으로 출근한 건우가 병원 입구에서 스쿠터를 천천히 멈췄다. 뒤에 있던 지수가 고개를 내밀고 말했다.

"음? 좀 더 가야지, 왜 벌써 멈추세요?"

건우가 뚫어지게 앞으로 보고 있다는 걸 눈치챈 지수가 병원 건물을 보고 눈을 동그랗게 떴다.

"어…… 말년 할머니랑 관리 할아버지네요?"

저 멀리. 주차장을 쓸고 있는 최씨 할아버지 옆에 말년 할머니가 다소곳하게 서 있다.

무슨 말을 하는지 들리지 않지만 가끔 웃으며 말을 거는 할머니. 할아버지는 그저 무표정하게 할 일을 하고 있다.

지수가 가만히 두 사람을 보다 웃었다.

"꼭 며칠 전에 선생님 모습 같네요, 하하."

아냐, 난 거머리 짓을 한 거였어. 저거 봐. 할아버지 표정. 무표정하긴 하지만 그때처럼 인상을 쓰고 있진 않아. 설마 늙어도 남자는 남자다 이건 아니겠지?

컨테이너에서 매일 밤 돌아가신 할머니 사진을 끌어안고 우는 할아버지가 그럴 린 없다.

할아버지에게 말을 걸다 스쿠터에 탄 건우와 지수를 본 할머니가 손을 흔든다.

자기도 모르게 손을 흔들려던 건우가 슬며시 팔을 내린다. 뒤에 지수가 있었기 때문이다.

지수가 대신 손을 흔든다.

"할머니, 좋은 아침이요. 은비가 밤새 잘 간호해 드렸어요?"

할머니가 잘 보이도록 크게 고개를 끄덕이며 웃는다.

지수가 미소 지으며 말했다.

"적적하셨을 텐데 친구가 생겨서 다행이네요, 그렇죠?"

친구는 개뿔. 저 벙어리 같은 할아범이 잘도 친구 해줬겠다. 지금도 봐. 할머니 혼자 말 걸잖아. 저 봐, 사람이 왔는데 보지도 않고 빗자루질만 하고 있지.

하지만 건우의 심장은 이성을 배반하고 두근거린다. 할아버지의 얼굴을 보는 순간 연민이 솟구쳐 올랐기 때문이다. 다시 쿵쿵 뛰는 심장 때문에 인상을 쓴 건우가 중얼거린다.

"제기랄, 저 양반 때문에 돌아버리겠네."

건우가 콧바람을 한번 내뱉은 후 병원 뒤로 가 주차를 한다.

오전 11시.

오늘도 환자라곤 없는 입원실에 우두커니 앉아 있는 건우가 자신의 손을 내려다본다.

'할머니 수술을 할 때 너무 자연스럽게 움직였어. 더 어려운 수술도 가능할까?'

말년 할머니의 상태는 심각했다. 하지만 수술 자체는 별로 난이도 높은 수술이 아니었다.

천공이란 내장에 구멍이 생겨 음식물들이 나오지 말아야 할 곳으로 쏟아져 나오며 2차 감염을 일으키는 병이다. 깨끗하게 세척하고 구멍 난 곳을 잘 꿰매면 간단하다.

앞으로 계속 외과의사로 살아가려면 더 어려운 수술도 가능해야 한다. 물론 건우가 할 수 있는 테두리 안에서 해야 할 것이다.

드라마나 영화를 보고 자란 아이들은 종합병원 치프가 대단한 줄 알지만 사실은 레지던트 3~4년 차에 시작하는 것이고, 임상 강사도 되지 못하고 병원에 눌러앉아 임용의 기회를 노리는 사람이 바로 치프다.

펠로우도 마찬가지다. 너무 짧게 하고 시리아로 갔었으니까. 어려운 수술? 해본 적 없다. 기껏해야 교수님들이 수술할 때 OP assistant(수술 보조)를 선 것 정도.

물론 그런 보조 수술의 경험은 꽤 많다. 매우 희귀한 케이스가 아니고서야 대부분의 수술이 필요한 외과 병증은 보조로서 경험했다.

나는 과연 계속 의사로 살아갈 수 있는 걸까?

아직은 확신이 없다. 확신을 가지려면 여러 수술을 해봐야 한다. 그런데 이 망할 병원은 환자가 없다. 당연히 수술이 필요한 케이스도 없다.

"하, 미치겠군."

그때 입원실 밖 로비에서 누군가 두런두런 대화하는 소리가 들린다. 고 과장이랑 지수 씨인가?

"한번 먹어봐요, 이거 진짜 맛있는데."

"진짜 안 먹어요?"

"배 안 고파요? 우리 나이에 굶으면 기력이 없어서 안 되는데."

뭐냐, 이 일방적인 대화는. 말년 할머니 목소리네? 상대는…… 젠장 대답 없는 거 보니 망할 할아범이네.

얼굴을 와락 구긴 건우가 자리에서 일어났다.

'싫다는 사람한테 뭐 하러 먹을 걸 줘요, 할머니. 차라리 날 주지.'

무릉도원 병원은 식당이 없다. 직원들의 식사는 대부분 고 과장이 외부에서 포장해 온다.

곧 점심시간이라 그런지 가뜩이나 출출한데 먹기 싫단 저 인간 목구멍으로 들어갈 음식이 있으면 차라리 자기가 먹고 싶다.

로비로 가는 문을 열고 한마디 확 쏘아붙이려던 건우가 멈칫한다.

병원 정문의 창문으로 쏘아져 내리는 따스한 햇살.

문 바로 옆에 있는 벤치에 앉아 있는 할아버지. 그리고 그런 할아버지와 나란히 앉아 도시락을 권하는 할머니. 모르고 보면 무척 예쁜 노부부 같아 보인다.

'체.'

이게 무슨 감정일까? 왜 이렇게 짜증이 나는 거지? 그냥 할머니가 적적하시니 친구를 만들고 싶은 모양인데. 난 왜 짜증이 날까? 질투는 아니고, 이게 도대체 무슨 감정이지?

두 사람의 모습을 보던 건우가 주먹을 꽉 쥐었다.

'엄마.'

도시락을 권하고 있는 할머니 모습과 엄마의 모습이 겹쳐 보인다. 엄마가 더 늙었을 때 마찬가지로 늙은 아빠와 저런 시간을 보낼 수 있다면 얼마나 좋을까?

가만히 두 사람을 바라보고 있는 건우의 마음이 조금씩 달라진다.

'좋아 보인다.'

엄마에게도 누군가 나타날까? 외로운 노년에 친구를 만나실 수 있을까? 엄마도 저랬으면 좋겠다.

그때 병원 문이 요란하게 열리며 절뚝거리는 다솔이가 나타났다. 다솔이는 특유의 발랄함으로 할머니에게 인사를 한다.

"할머니, 안녕하세요! 그때 찐빵 진짜 맛있었어요! SNS에 올렸더니 좋아요가 300개나 달렸어요!"

300개나 달려서 좋겠다. 많이 달리는 애들은 몇만 개도 달리던데 겨우 300개냐? 다솔이가 멀뚱히 서 있는 건우를 발견하고 손을 흔든다.

"사탕 의사 선생님, 안녕하세요."

사, 사탕 의사 선생님이 뭐냐, 내가 소아과 전문의도 아니고. 건우가 삐딱한 얼굴로 물었다.

"왜 또 왔냐?"

다솔이 다리를 들어 보이며 말했다.

"지수 언니가 드레싱 갈아야 된다고 오늘 오라고 했는데요.”

“간호사님한테 언니가 뭐야.”

“그렇게 부르라고 했어요.”

“혼자야?”

“당근 아니죠. 민서야!”

다솔이 뒤를 돌아보자, 문 앞에서 발소리를 죽이고 들어오는 민서가 보인다. 도둑이냐, 넌?

민서가 허리를 숙여 보이며 얌전한 목소리로 인사한다.

“안녕하세요, 선생님. 안녕하세요, 할머니.”

말년 할머니가 푸근하게 웃어 보이며 손을 흔들어주자, 다솔이가 얼른 뛰어가 할머니가 들고 있는 도시락을 본다.

“와, 맛있겠다. 할머니가 만드신 거예요?”

“응.”

“계란말이 하나만 먹어도 돼요?”

“그럴래?”

순간 무표정한 할아버지와 눈이 마주친 건우. 할아버지의 눈동자가 잠시 흔들리는 것을 본 건우가 씩 웃는다.

이 할아범, 사실은 먹고 싶었구나? 그러면서 응? 괜히 안 먹는다고 무표정한 표정 짓고 있으면 누가 멋지다고 해줄 것 같아? 킬킬.

할머니가 계란을 젓가락으로 집어 들어 올릴 때 건우가 쓱 끼어들었다.

“나 바쁘다, 드레싱부터 해.”

다솔이가 울상을 지었다.

“이거 하나만 먹고요.”

“그거 너한테 안 좋다.”

“에? 그냥 계란인데 뭐가 안 좋아요?”

“의사 말 들어.”

민서가 다솔이 팔짱을 끼고 잡아끈다.

“언니가 선생님 말씀 잘 들으랬어, 가자.”

“아아…… 먹고 싶은데.”

민서에게 끌려가는 다솔이. 입원실로 들어간 두 사람을 바라보다 고개를 돌린 건우가 다시 최씨 할아버지와 시선을 맞추곤 씩 웃는다. 할아범, 나한테 빚진 겁니다?

“할아버지.”

답은 없지만 건우를 바라보고 있는 할아버지.

건우가 할머니 도시락을 턱짓으로 가리키며 말했다.

“어제 봤는데 저 애들, 먹성 장난 아닙니다. 드레싱 끝날 때까지 안 드시면 그거 순식간에 사라질걸요?”

건우가 자기 배를 문질렀다.

“점심시간 다 되어 그런가, 저도 배고프고요. 할머니, 어제 저 찐빵 먹는 거 보셨죠?”

말녀 할머니가 입을 가리고 웃는다.

“응, 한입에 하나를 다 먹는 사람은 처음 봤어.”

건우가 눈짓하며 말했다.

"들으셨죠? 저랑 애들 나오면 그 도시락은 없는 겁니다. 그러니 얼른 드시고 치워 버려요."

할아버지는 여전히 말없이 건우를 물끄러미 보고 있다.

씩 웃은 건우가 입원실로 들어가 다솔, 민서의 드레싱을 갈아준다. 이젠 아프지 않는지 핸드폰을 보며 콧노래를 하는 다솔. 민서와 다솔이는 참 다른 성격의 아이들인 것 같다.

"너희들 자매냐?"

다솔이 핸드폰을 보며 검지를 까딱인다.

"아뇨, 민서는 제 친구고, 어제 봤던 언니는 제 친언니요. 언니가 휴가라 같이 놀러 왔어요."

"그래, 어쩐지."

다솔이 핸드폰을 내리며 도끼눈을 뜬다.

"어쩐지 뭐요?"

뭐긴 뭐야, 너 같은 애랑 같은 부류가 아니란 거지. 건우가 다시 물었다.

"어디 사냐?"

"서울이요."

"안 올라가? 서울 가서 드레싱 하지."

"어제 내려왔어요, 며칠 있다 올라가려고요."

다솔이 민서에게 핸드폰을 보여주며 웃는다.

"좋아요 500개 넘었다! 역시 태그를 잘 깔아야 노출이 좋아.”

관심 종자 여고생 같으니라고. 그거 많이 받아서 얻다 쓸라고. 민서가 다솔이 곁으로 와 핸드폰을 보며 말했다.

“할머니 진짜 착하시잖아. 찐빵 가게 잘됐으면 좋겠다, 그렇지?”

“응! 이거 올라갔으니까 그래도 몇 명은 오겠지?”

음? 이 애들 그냥 관심 종자라 그런 게 아니었어? 우리 할머니 잘되라고 그런 거였어? 응? 그런 거야?

갑자기 드레싱을 해주던 건우의 손길이 부드러워진다. 기특한 녀석들이었군.

그때 다솔이 다리를 보며 말했다.

“선생님, 좀 빨리 해주심 안 돼요? 나 도시락 먹고 싶어서.”

불끈.

갑자기 드레싱을 하는 건우의 손이 거칠어진다. 이것들아 네놈들 먹으라고 만든 도시락이 아니라고.

“아야! 아파요!”

“다치면 원래 아프다. 그러니까 왜 계곡엔 기어들어 가.”

“치.”

괜히 드레싱을 하다 말고 민서를 보는 건우.

“다음 너.”

다솔이 끝나지 않은 드레싱을 보며 눈살을 찌푸린다.

"이거 왜 하다 말아요?"

"약 마르라고."

"원래 이런 거예요?"

"어."

원래 그런 게 어디 있냐, 순진한 관심 종자야. 끝내 버리면 나가서 도시락 뺏어 먹을까 그러는 거지.

민서 이 아인 괜찮다. 누가 준다고 하면 몰라, 먼저 달라고 할 뻔뻔한 애는 아니니까. 빨리해 줘야지.

순식간에 민서의 드레싱을 갈아준 건우가 말했다.

"모레까지 여기 있냐?"

"네……."

"그럼 모레도 와. 다시 한번 갈게. 소견서 써줄 테니까 실밥은 서울 올라가서 풀고."

"네……."

건우가 시간을 보았다. 음, 손이 빠른 것도 문제군. 아직 십 분밖에 안 지났잖아? 이대로 저 여고생 악마를 풀어주면 도시락이 남아나지 않을 텐데.

다솔이 얼른 자기도 마무리해 달라며 발을 흔든다.

바로 그때 입원실 문이 열리며 말년 할머니가 들어왔다.

다솔이가 얼른 몸을 일으키며 물었다.

"할머니! 도시락은요?"

할머니가 배시시 웃으며 보자기를 들어 보인다.

"미안, 할아버지가 다 드셨어."

다솔이 발을 동동 구른다.

"아! 나 먹고 싶었는데! 선생님 때문이잖아요!"

흐흐, 좋아 계획대로 됐어. 다솔이가 눈을 흘기든 말든 관심 없는 건우가 물었다.

"할아버지가 다 드셨어요?"

"응, 잘 드시네. 제대로 밥도 안 먹는 것 같더라고. 어제 컨테이너에 가봤거든."

"또 소주만 드시고 계시던가요?"

"응, 맨날 술만 먹고 안주는 육포 같은 것만 먹더라. 안쓰러워서 도시락 좀 쌌어."

"할머니 몸도 아직 정상 아니니까 무리하지 마시고요."

"응, 알았어, 선생."

음, 할머니한테 친구가 생기는 건 좋은 일이지. 그게 저 할아범이란 건 마음에 안 들지만. 도시락을 잃고 풀이 죽은 다솔이 침대에 힘없이 엎드려 중얼거린다.

"내 계란…… 먹고 싶다……."

넌 이제 그만 집에 가, 이놈아.

이틀 후, 무릉도원 병원.

원장이 주차장에 있던 최씨 할아버지를 붙잡고 이야길 나누고 있다.

"최씨 아저씨. 고집 그만 부리고 정선 병원으로 갑시다. 소개장 써드릴게요."

"……."

"예전엔 말씀도 좀 하시고 그러시더니 점점 말수도 줄어드시고. 그러시면 안 됩니다, 아저씨. 사람들이랑 어울리고 그래야 에너지가 생기죠. 식사도 제대로 안 하시죠?"

"……."

"정선 병원에 알아봤더니 직장암 수술은 가능하긴 한데, 폐쇄성 직장암이라 더 큰 병원으로 가야 할 수도 있답니다. 그래도 말입니다, 아저씨. 2기입니다, 2기. 충분히 수술로 나을 수 있어요."

원장의 절절한 설득에도 변화 없는 할아버지의 표정.

가만히 원장을 보던 할아버지가 입술을 꿈틀거린다. 머뭇거리며 뭔가 말을 하려는 할아버지. 하지만 쉽게 입을 열지 않고 한참 입술을 달싹이다 말문을 연다.

"원장님."

오랫동안 말을 하지 않아 걸걸한 목소리. 원장이 얼른 답한다.

"예, 아저씨."

"어제 할멈이 꿈에 나왔습니다."

"……."

"원장님 그만 괴롭히고 이제 자기한테 오라고 하더군요."

"하, 아저씨."

"내 나이 이제 아흔입니다. 이 나이에 수술은 받아 뭐 하겠습니까? 얼마나 더 살겠다고."

"그런 말씀이 어디 있습니까, 아저씨."

할아버지가 빗자루를 옆에 두고 천천히 걸어 벤치에 앉은 후 한숨을 쉰다. 그러곤 하늘을 보며 말했다.

"이제 지쳤습니다."

"……."

"그만 할멈 곁으로 가고 싶어요."

"아저씨……."

할아버지가 문제가 있다는 자신의 배를 바라보았다.

"그 젊은 선생 말이 할멈이랑 같은 병이라고 했어요. 어쩌면 참 다행이다 싶어요. 그때 할멈이 어디가 얼마나 아팠는지, 왜 난 그 고통을 알 수 없었는지 하늘을 원망했는데."

할아버지가 다시 하늘을 올려다본다.

"하늘이 할멈을 이해하라고 같은 병을 줬나 봅니다."

원장이 고개를 세차게 저으며 성큼성큼 걸어 벤치에 앉았다.

"아저씨, 제가 힘써서 본원에서 수술하실 수 있게 해드린다니까요. 우리 병원에서 몇 년이나 일하셨는데 그 정도

편의도 못 봐드리겠습니까?"

할아버지가 고개를 저었다.

"아니요, 그보다 부탁할 게 하나 있습니다."

"부탁이요?"

"예, 할멈 죽었을 때처럼 저도 이 병원에서 장례해 주시면 안 됩니까?"

"……."

"부탁 좀 드립니다, 같은 곳에서 죽고 싶어서요."

"하, 아저씨……."

할아버지가 슬픈 웃음을 짓는다.

"그저 할멈 품으로 갈 날만 손꼽아 기다렸는데, 서울까지 올라가서 수술받는다는 게 참. 전 안 하렵니다, 원장님. 그냥 여기서 수술받을 수 있다면 몰라."

"……."

원장이 말을 잃었다. 어떻게 해도 설득할 수 없는 걸까? 그때 저 멀리서 큰 소리가 들렸다.

"남자가 한 입 가지고 두말하기 없습니다?"

원장과 할아버지의 고개가 동시에 돌아갔다. 저 멀리서 막대사탕을 입에 물고 있는 건우가 가운 주머니에 손을 찔러 넣고 있는 것이 보인다.

언뜻 눈시울이 살짝 붉어진 것 같지만 워낙 무표정해서 오히려 싸가지 없어 보인다.

원장이 건우를 보며 물었다.

“뭐가 두말하기 없다는 겁니까, 모 선생님?”

건우가 뚜벅뚜벅 걸어와 할아버지 앞에 섰다.

“방금 하신 말씀. 똑똑히 들었습니다.”

“……?”

건우가 할아버지 눈을 직시하며 말했다.

“여기서 수술할 수 있다면 치료받으신다고 했던 거. 분명히 들었습니다.”

할아버지가 놀란 얼굴로 원장을 돌아보자, 마찬가지로 놀란 얼굴의 원장이 물었다.

“선생? 여기서 직장암 수술을 하겠다고요? 누가 한단 말입니까? 선생, 경험 있어요?”

건우가 할아버지 눈을 보려 숙였던 허리를 펴며 몸을 돌렸다.

“보긴 많이 봤죠. 어쨌든 약속하신 걸로 알고 그만 갑니다.”

뚜벅뚜벅 걸어 병원으로 향하는 건우. 당당하게 말은 했지만 그의 눈이 뜨거워져 있다.

‘젠장, 이야기 훔쳐 듣다가 울 뻔했잖아!’

할아버지 독백을 훔쳐 듣다 심장이 목구멍으로 튀어나오는 줄 알았다. 고 과장이 준 사탕이 아니었으면 그 싸가지 없는 흉부외과 의사한테 신세를 질 뻔했다.

병원으로 걸어 들어온 건우가 여전히 로비를 지키고 있는 고 과장을 보았다. 생각에 빠져 있느라 말없이 빤히 그를 바라보는 건우.

고 과장이 괜히 주춤거린다.

"제가 무슨 잘못이라도……."

막대사탕을 입에 문 건우는 혼자 생각에 빠져 있다.

'말꼬투리 잡아서 우긴다고 수술실에 순순히 들어올 할아버지가 아니다. 설득의 작업이 필요하다. 하지만 일단 큰 병원엔 가기 싫단 것, 죽어도 이 병원에서 죽고 싶다는 바람. 그건 캐치 했어.'

어떻게 해야 될까? 어떻게 해야 저 고집 센 할아범을 설득할 수 있는 걸까?

오늘은 다솔이와 민서가 마지막 드레싱을 하는 날.

언니가 직접 두 아이를 데려와 건우에게 정중히 인사했다.

"선생님, 그동안 감사했어요. 저희 오늘 올라가거든요. 마지막 드레싱 받으려고요."

건우가 무심하게 아이들을 보았다. 지금 어디 좀 찢어진 아이들이 문제가 아니다. 할아버지의 직장암이 더 커지기 전에 빨리 수술해야 한다.

머릿속에 그 생각밖에 없는 건우가 대충 고개를 끄덕인다.

"들어가시죠."

입원실로 들어가자, 홀로 앉아 있던 말녀 할머니가 손을 든다.

"안녕, 애들아."

이제 절뚝거리지 않는 다솔이와 민서가 얼른 달려가 할머니 손을 잡는다.

"와, 할머니!"

"안녕하세요, 할머니."

손녀들이 찾아온 것같이 기쁜 얼굴이 된 할머니.

꼭 가족이 아니더라도 자주 얼굴을 맞대면 저리 친해질 수 있나 보다. 하긴 그러니 먼 친척보다 가까운 이웃이 낫다는 말이 있겠지. 어쨌든 할머니가 기뻐하시면 그걸로 됐다.

다솔이는 찰과상이라 지수가 드레싱을 도와주었고, 봉합을 한 민서는 건우가 맡았다. 다솔이는 드레싱을 하는 내내 쉴 새 없이 조잘거린다.

"SNS에 할머니 찐빵집 소개했는데 좋아요 800개나 받았어요! 저 잘했죠!"

옆 병상에 앉은 할머니가 웃는다.

"그거 많이 받으면 좋아?"

"그럼요! 손님들이 그거 보고 찾아온다니까요. 요샌 다 그거 보고 다녀요. 그래서 막 산골짜기에 식당 차려도 맛만 있으면 사람들이 북적북적한다니까요? 두고 보세요, 할머니 가게에도 사람들 많이 올 거예요."

"나 입원해 있는데?"

"가게 문 닫았어요?"

"응."

"헉, 언제 퇴원하시는데요?"

"나?"

할머니가 건우를 돌아본다. 민서의 드레싱을 하던 건우가 무심하게 말했다.

"한 일주일 더 있어야 돼요."

다솔이가 그 정도는 괜찮다는 듯 손사래 친다.

"에이, 이거 퍼지는 데 시간 좀 걸려요. 그 정도는 괜찮아요."

그래, 뭐가 됐든 할머니 가게 잘되면 좋지. 근데 할머니 건강 해칠 정도면 내가 서울 올라가서 널 죽일 거야, 알았어?

"민서 쪽은 끝났고, 지수 씨? 그쪽 다 됐습니까?"

지수가 빠르게 소독을 하며 말했다.

"전 선생님보다 손이 느려서요. 조금만 시간 더 주세요."

"천천히 하세요, 다솔이는 좀 묶어놔야 되니까."

"하하."

다솔이가 눈을 흘겼지만, 신경도 쓰지 않는 건우가 착한 민서에게 말했다.

"다솔이는 시간 좀 걸린다, 넌 다 했으니 나가도 돼."

"감사했습니다, 선생님."

민서는 고 과장과 병원비 계산 중인 언니에게 갈 생각인지 입원실 밖으로 나갔다.

고 과장에게 서울 병원으로 가서 실밥 제거를 하기 위한 서류들을 받고 있는 언니를 기다리던 민서는 무료했는지 병원 밖으로 나와 주변을 둘러보다 컨테이너 옆 고양이 집을 발견하곤 달려가 쪼그리고 앉았다.

"와, 귀여워……."

그때 컨테이너 뒤에서 최씨가 고개를 내밀었다. 도시락 사건 때 안면이 있어 그런지 민서는 벌떡 일어나 허리를 숙였다.

"안녕하세요, 할아버지."

"……."

최씨 할아버지가 고개를 끄덕이자, 민서가 물었다.

"저기, 저 여기서 고양이 좀 더 봐도 되나요?"

다시 고개를 끄덕인 할아버지가 사료 주머니에 바가지를 넣어 고양이 사료를 푼다.

민서를 물끄러미 본 할아버지는 네가 주라는 듯 바가지를 내민다.

"아, 감사합니다!"

고양이 밥을 주는 게 좋은지 신이 나 보이는 민서.

고양이들이 밥 먹는 모습을 보며 '귀여워'라는 말을 백 번쯤 한 후에야 일어난 민서가 예의 바르게 일어나 다시 허리를 숙인다.

"덕분에 잘 놀았습니다, 할아버지."

요즘 아이들답지 않게 예의 바른 민서를 좋게 보았는지 할아버지가 말을 건다.

"부모님께 교육을 잘 받았나 보네."

민서가 수줍게 웃으며 말했다.

"아뇨, 저 할아버지께 교육받았어요."

"부모님은?"

"돌아가셨어요, 저 할머니랑 살아요."

언뜻 이해가 안 간다. 부모님이 돌아가셨고, 교육은 할아버지에게 받았는데 할머니랑 산단다.

민서는 이해하지 못하는 상대의 표정이 익숙한지 부끄러운 표정으로 말했다.

"할아버지는 2년 전에 돌아가셨어요, 지금은 할머니 혼자시고요."

이제야 이해가 된 할아버지가 혀를 찬다.

"쯧, 할머니가 많이 힘드시겠군."

민서가 빙긋 웃으며 고개를 저었다.

"아뇨? 우리 할머니 엄청 바빠요."

"음?"

민서가 하늘을 보며 말했다.

"우리 할아버지는 바다를 참 좋아했어요. 속초 바닷가만 가도 그렇게 좋아하셨는데 그때마다 '외국 바다는 얼마나 아름다울까'라고 중얼거리셨어요."

할아버지가 고개를 절레절레 저었다.

"하고 싶은 일을 다 못 하고 가셨구먼."

민서가 빙긋 웃었다.

"그래서 할머니가 대신 하고 계세요. 해외여행 갈 때 꼭 할아버지 사진을 들고 가서 바다를 보여주세요. 또, 할아버지 사진 놓고 좋아하는 음식도 나눠 드시고, 이야기도 나누시고 그래요. 할머니는 할아버지가 하고 싶었지만 못 해본 것들을 대신 다 해볼 거래요."

할아버지의 눈동자가 흔들린다.

"할아버지가 못 해본 걸 대신……."

민서가 밝게 말했다.

"네! 멋지죠? 우리 할머니."

"……."

"할머니는 할아버지 대신 다 해보고, 하늘나라 가서 떠들어줄 거래요. 필리핀의 바다가 얼마나 예쁜지, 당신이 죽고 난 후 새로 나온 먹거리들이 얼마나 맛있는지."

할아버지의 눈동자가 세차게 흔들린다. 민서는 자기가 너무 말이 많았다고 생각했는지 허리를 숙였다.

"죄송해요, 제가 우리 할아버질 너무 좋아해서, 할아버지들만 보면 이래요. 실례가 많았습니다, 그만 가 볼게요."

할아버지는 민서를 지그시 보다 고개를 끄덕였다. 민서는 다시 한번 꾸벅 인사를 해 보이곤 병원으로 쪼르르 달려갔다.

그러다 병원 정문에 팔짱을 끼고 서서 무표정하게 자신을 보는 건우를 마주치곤 움찔한다.

"아, 선생님. 잠깐 고양이 좀 보느라고…… 시간이 너무 지났나요?"

건우는 민서와 컨테이너 앞에 서서 물끄러미 민서를 보고 있는 할아버지를 번갈아 보다 씩 웃으며 민서의 어깨를 두드려 준다.

"잘했어, 강아지."

"……네?"

건우가 민서의 턱을 손가락으로 두드리며 말했다.

"우쭈쭈, 아, 잘했다."

무표정한 얼굴로 사탕을 물고 강아지들에게나 하는 행동을 하는 건우. 민서가 영문 모를 표정을 짓는다.

웃지 않는 노인(3)

"예에? 여기서 carcinoma recti(직장암) OP를 한다고요?"

"말도 안 돼요, 선생님. 농담이시죠?"

입원실에 모인 사람들이 건우의 황당한 선언에 어이없는 반응을 내비친다.

이럴 줄 알았다. 이런 시골 병원에서 암 수술을 한다니 개가 웃을 일이긴 하지. 하지만 할아범을 설득하기 전에 이 부분이 해결된다면 설득을 위한 좋은 무기로 쓸 수 있다.

무표정한 건우가 자기들끼리 의견을 나누는 사람들을 훑어본다.

먼저 혜선이 말했다.

"수술의 난이도가 너무 높아요, 선생님. Rectocele(직장)은 골반 내의 좁은 곳에 위치하고 있어요. 거기다 urinary bladder(방광), prostate(전립선) 같은 다른 기관들과 인접해 있잖아요."

중곤이 고개를 끄덕였다.

"게다가 항암 약물 치료와 방사선 치료도 동시에 병행되어야 합니다, 선생님."

건우가 지수와 은비를 보았다. 두 사람은 중곤, 혜선과 달리 말없이 생각에 빠져 있다.

다시 중곤이 말했다.

"수술은 선생님이 집도하신다고 해도, 어시는 어떻게 합니까? 전 한 번도 해본 적이 없습니다."

혜선도 거든다.

"저도 마찬가지입니다, 선생님."

넌 없는 게 당연하지, 이 불합격자야. 인턴 주제에. 내 편은 하나도 없네, 젠장.

건우의 얼굴이 구겨지자, 지수가 조심스럽게 손을 든다. 하, 지수 씨까지 반대하는 건가?

건우가 고갯짓으로 말해보라 신호를 주자 그녀가 좌중을 보며 말했다.

"수술 후 회복에 관한 간호 쪽은 문제없습니다, 선생님."

건우의 얼굴이 조금 펴진다. 역시 괜히 합격자가 아니지. 은비도 손을 든다. 오, 아직 못 먹어봤지만 지중해식 요리로 합격 판정을 받은 은비 씨 뭐든 말해봐요.

건우가 다시 고갯짓하자 그녀가 말했다.

"PA로 말씀드리자면, 무릉도원 병원은 작은 병원이지만 이상하게 필요한 모든 장비가 다 있어요. 왜인진 모르지만 이 정도 규모의 병원이 가지고 있기 힘든 장비들입니다. 본론을 말씀드리자면 수술에 필요한 장비는 부족함이 없습니다."

역시 합격자 군단. 당신들이 있어 다행이야. 혜선이 다시 손을 든다.

"하지만 중곤 쌤 말씀처럼 어시는 어떡하나요? 무척 중요한데."

중곤이 거든다.

"선생님은 직장암 수술 경험 있으십니까?"

음, 없어. 보조만 해봤지. 하지만 이 상황에서 그렇게 말하면 당연히 거절하겠지?

"있어."

중곤의 눈이 왕방울만 해졌다.

"있어요? 본원에서 펠로우에게 직장암 집도의를 맡겼을 리가 없는데."

음, 일단 질렀는데 금방 걸릴 거짓말이 되어버렸다. 중곤도 본원 시스템을 잘 알고 있을 테니까.

한숨을 쉰 건우가 사실대로 말하려는 찰나, 불합격자가 웬일로 도움이 된다.

"설마! 시리아에서 경험하신 건가요? 그때 닥터 램지랑 닥터 카터도 함께했다고 들었는데. 그런 분들과 함께 있으셨으니 당연히 경험이 있을 수 있겠네요? 대단하세요, 선생님!"

음? 뭐냐, 갑자기 도움이 되고 그래. 헷갈리게.

은비도 고개를 끄덕이며 나선다.

"전쟁터였으니까 집도의고 뭐고 챙길 여유는 없었겠죠. 세계적인 닥터이든 펠로우든 거기선 사람 살릴 수 있으면 누구든 메스를 잡아야 한다고 들었어요, 모 선생님도 그런 케이스 아닐까요?"

어이없게 거짓말을 믿어가는 분위기로 바뀐다. 이걸 좋아해야 되나? 중곤이 의심스러운 눈초리로 물었다.

"실례지만 몇 번이나 경험하신 겁니까?"

"……."

"선생님?"

"일곱 번."

혜선이 만세를 부른다.

"와, 많지는 않지만 그 정도면 해볼 만하잖아요!"

중곤이 여전히 의심스럽게 본다. 거짓말 아냐, 인마. 일곱 번 수술해 봤어, 보조로.

녀석의 눈초리가 점점 가늘어진다. 딱 지금이 당근에 넣은 폭탄을 안겨야 할 타이밍이다.

"중곤."

"예, 선생님."

"이번 수술 어시는 네가 본다."

중곤의 눈이 커진다.

"제, 제가요? 아니, 제가 어떻게 그런 수술을……."

건우가 중곤의 눈을 직시하며 말했다.

"레지던트가 무슨 의미지?"

"……."

건우가 혜선을 바라보며 물었다.

"혜선."

"네, 선생님."

"인턴은 무슨 의미지?"

"의과 대학을 졸업한 후 임상 실습을 받는 수련의(修鍊醫)를 뜻합니다."

건우가 고개를 끄덕이며 중곤에게 말했다.

"레지던트 역시 마찬가지다. 넌 아직 수련의(修鍊醫)다. 많은 수술을 거치며 공부해 나아가는 과정이란 뜻이지."

중곤이 침을 꿀꺽 삼킨다. 가만히 중곤을 바라보는 건우. 그때 건우의 심장이 또다시 뛴다. 살짝 얼굴을 찡그린 건우가 속으로 중얼거린다.

'알았어요, 혜영 이모. 아, 좀. 불쌍한 녀석도 아닌데 뭐 어때.'

거짓말을 하고 있어 그런 모양이다. 여러모로 참 귀찮은 병이네 진짜. 아무튼 조금만 참아달라고요, 이모.

건우가 신체 변화를 최대한 숨기며 무표정하게 말했다.

"검사 결과를 모두 봐서 알겠지만 할아버지는 anus(항문) 안쪽 15㎝ 부근의 rectocele(직장)에 malignant tumor(악성종양)이 있다. 즉, anus(항문)을 살릴 수 있다는 뜻이다. artificial anus(인공항문) 수술을 병행할 필요가 없으므로 난이도가 높다고 볼 수 없다."

혜선이 조심스럽게 물었다.

"대장암은 비교적 수술에 필요한 공간이 넓게 확보되지만 직장암은 골반 때문에 불가능하잖아요. 좁은 공간의 수술이라 난이도가 높다고 배웠습니다."

건우가 고개를 끄덕인다.

"그러니까 중곤의 역할은 더 쉽다. 수술 부위는 좁다. 결국 보조가 해야 할 일은 환부를 벌리고 있는 정도라는 거지."

"아……."

"그리고 혜선."

"네?"

"너도 들어와."

혜선이 놀란 표정을 지었다. 인턴이 수술실에 들어간다고?

"견학인가요?"

"아니, 보조다."

"헉……."

"더없이 좋은 기회다, 불합격자."

또 불합격자 소릴 들었지만 수술에 들어갈 수 있다는 말에 다른 건 귀에 들어오지 않는 혜선이 다시 묻는다.

"저, 정말 견학이 아니라 수술 보조로 들어갈 수 있다고요?"

"그래."

침을 꿀꺽 삼키는 혜선. 그래 다 넘어왔어. 뭐 너까지 설득시켜야 할 이유는 없다만 중곤이 저놈은 설득해야 되니까 맨날 붙어 다니는 너부터 넘어뜨려야지.

혜선이 눈을 동그랗게 뜨고 놀라다가 점점 얼굴에 웃음이 번져간다.

"내가 수술을? 하하, 하하…… 중곤 쌤! 들었어요? 저 수술 들어간대요!"

마냥 기뻐하는 혜선과 달리 중곤은 그럴 수 없다. 건우와 중곤을 믿고 들어오면 되는 혜선과 달리 자신은 자기 몫을 해야 하기 때문이다. 불안한 얼굴의 중곤이 건우를 본다.

"제가 할 수 있을까요, 선생님?"

이때다. 제일 믿음을 줘야 할 바로 그때.

건우가 몸을 돌려 입원실을 나가며 말했다.

"스스로를 못 믿겠으면 날 믿어라."

입원실 문을 나서는 건우. 우두커니 건우가 나간 문을 바라보는 사람들. 한참 침묵하던 사람들 중 지수가 말했다.

"할아버지는 TNM 2기예요. 1기였다면 복강경 수술도 가능했겠지만 지금은 개복수술을 해야 해요. 하지만 아직 암세포 크기가 작아서 그리 난이도 높은 수술은 아닐 겁니다."

지수가 은비에게 도와달라는 듯 눈짓하자, 그녀도 말을 보탠다.

"PA 경험일 뿐이지만, 전 직장암 수술만 예순 번 넘게 들어갔었어요. 웬만한 부분은 제가 수습 가능해요."

혜선이 주먹을 불끈 쥐며 외친다.

"수술! 수술에 들어간다! 내가!"

중곤만이 인상을 구기며 앉아 있다. 이미 건우에게 넘어갔거나 원래 건우의 편이었던 사람들이 조잘대는 소리도 들려오지 않는 중곤은 건우가 나간 알루미늄 문을 바라보며 중얼거렸다.

"스스로를 못 믿으면…… 당신을 믿으라고 하셨지요……."

중곤이 살며시 주먹을 쥔다.

한편 입원실 밖 알루미늄 문을 벗어나 벽에 기댄 건우가 얼른 막대사탕을 입에 물고 왼쪽 가슴을 문지른다.

"아오, 거짓말해도 이런 거냐? 미치겠네, 진짜."

귀찮아 미치겠다. 자신은 이런 성격이 아닌데.

거짓말을 해야 할 상황이면 얼굴색 하나 안 바뀌고 거짓말을 하고, 쓸데없이 지나친 공감으로 환자를 더 슬프게 하지 않는 성격이며, 주변인이 어떻게 살든 업무에 지장을 주지 않는다면 관심을 갖지 않는다.

하지만 지금은 이 모든 것이 하나도 정상적인 것이 없다.

사탕을 입안에서 굴린 지 몇 분이 지나자 차츰 가라앉는 심장박동. 한숨을 쉰 건우가 입원실 안에서 들려오는 소리에 귀를 기울인다.

"나 수술 경험 처음이에요! 고문관 낙인 찍혀서 견학도 안 시켜줬었는데!"

하, 혜선이구나. 그래, 나 같아도 넌 수술실 안 들여보내겠다.

"그래요, 수술 경험 7회가 많은 건 아니지만 그래도 모건우 선생님이잖아요. 다들 본원에서 선생님 실력 보셨잖아요. 중곤 쌤도 도움 많이 받으셨고요."

미안해, 지수 씨. 그거 거짓말이야. 나중에 소고기 사줄게. 어쨌든 고마워.

"저도 직장암 수술 경험을 딱지 쳐서 딴 거 아니니까 믿어보세요. 예순 번이나 해서 수술 순서도 다 알아요."

오? 은비 씨 직장암 수술을 예순 번이나 해봤어? 이건 의외의 수확이군. 당신은 지중해식 요리 안 해줘도 합격 유지해 줄게.

"뭐…… 저도 수술 경험 쌓이는 건 좋습니다. 솔직히 걱정은 되는데 모건우 선생님이 집도하신다면 함께해 볼 수 있을 것 같아요."

음, 드디어 넘어왔군, 김중곤이. 네놈이 제일 힘들다. 내 노예 1호가 감히 반기를 들어? 넌 아직 보류야.

입원실 문밖을 넘어오는 소리에 귀를 기울이던 건우가 한숨을 쉬며 벽에 기댄다.

'대충 다 넘어온 것 같고. 이제 한 명 남았다.'

수술실의 중요한 역할 중 하나. 바로 마취의 오지선이다. 가만히 오지선이 있을 방을 노려보는 건우.

그때 로비에 있던 고 과장이 말을 건다.

"저기…… 뭘 혼자 중얼중얼하시는지."

아차, 여기 로비였지. 건우가 짐짓 아무렇지 않은 표정으로 말했다.

"오지선 선생 있습니까?"

고 과장이 시계를 보며 이상한 눈빛을 보낸다.

"아직 퇴근 시간이 안 됐으니 계시겠죠?"

"알겠습니다."

이상한 눈빛을 보내는 고 과장을 지나 오지선의 방으로 향하는 건우. 복도 끝 가장 깊숙한 곳에 위치한 오지선의 방 앞에 선 건우가 창문으로 보이는 방 안 전경을 보고 눈살을 찌푸린다.

'이게 의사 방이야, 폐인 겜돌이 방이야?'

책상과 자료들이 가득한 방. 그건 다른 의사들의 방과 같다. 문제는 바닥에 와인과 소주병들이 굴러다니고 있다는 거다.

작은 소파 앞 테이블에는 먹다 만 컵라면이 불어 터져 있고, 오지선은 소파에 누워 있는 것이 보인다. 젠장, 이 여자야. 좀 사람답게 살아라.

똑똑.

망설이던 건우가 노크를 하자, 안에 있던 오지선이 움찔하는 것이 보인다. 오지선은 몸을 뒤척이더니 다시 잠이 드는 것 같다.

똑똑.

또다시 움찔하는 오지선이 고개를 들었다. 얼굴을 보니 또 술을 자셨구먼?

퉁퉁 부은 오지선이 부스스 일어나 창문 밖에 서 있는 건우를 보더니 고개를 흔든다.

"꿈인가?"

꿈 아냐, 이 여자야. 빨리 문이나 열어. 무심한 얼굴의 건우가 자신을 내려다보고 있는 것이 꿈이라고 생각하는지 자꾸만 머리를 치는 오지선.

"아, 술 그만 먹어야지. 이게 헛것이 다 보이네."

벌컥.

"엄마야!"

참지 못한 건우가 문을 열어버리자, 놀라 소파에서 떨어지는 오지선. 테이블을 마구 더듬어 안경을 찾아 쓴 오지선이 바닥에 주저앉은 채 말했다.

"거, 건우 선생님?"

"정신 차리시죠."

"무슨 일 있어요?"

"일이 있으니까 왔죠."

"아……."

오지선이 일어나 옷을 털며 말했다.

"거기 좀 앉으…… 아, 앉을 곳이 없네요."

"그냥 복도로 가시죠. 냄새가 나서."

"음, 미안하네요. 환기를 못 시켜서."

건우가 복도로 나와 아직 방에 있는 오지선을 보며 말했다.

"90세 남성. carcinoma recti TNM Stage 2(직장암 2기) 환자 수술할 겁니다."

자, 이제 또 입원실에 있는 아이들처럼 깜짝 놀라며 여기서요? 뭐 이런 소릴 하겠지? 하, 처음부터 같이 모아 놓고 말할걸.

오지선은 밖으로 나오다 멈칫하더니 안경을 밀어 올린다. 가만히 건우를 보던 오지선이 물었다.

"쌤이 집도하게요?"

"예."

"준비하죠."

"예?"

뭐야, 뭐 이리 간단해? 오지선이 어깨를 으쓱하며 말했다.

"집도의가 수술하겠다는데 누가 뭐래요? 일정 나오면 알려줘요. 난 그만 환기시키고 청소 좀 할게요."

그만 가 보라는 듯 손을 휘휘 젓는 오지선. 음, 이 여자 의외로 엄청 쿨하네. 지난번에 얻어먹은 것도 있으니 당신도 합격으로 해주지.

무릉도원 병원 주차장.

차 한 대가 스르르 들어오고 곧 문이 열리며 민서가 내린다.

언니가 운전석 창문을 열고 말했다.

"언니 내일 일 가야 돼서 얼른 올라가야 돼. 두 시간 안에 끝내, 민서야. 다솔이랑 전통 시장 구경 갔다 올게."

차 안에 있던 다솔이 물었다.

"집에 가다 말고 여긴 왜 또 와?"

민서가 어깨를 으쓱하며 말했다.

"몰라, 모건우 선생님이 집에 가기 전에 좀 들러달랬어."

"왜?"

"모른다니까?"

"흑심 있는 거 아니겠지?"

"뭐래, 빨리 가. 이따 보자."

언니와 다솔이가 탄 차가 출발하는 걸 보고 있던 민서가 몸을 돌려 병원 건물을 보았다.

민서의 머릿속으로 며칠 전 컨테이너에 사는 할아버지와 대화하고 돌아왔을 때 자신에게 강아지라 부르던 건우와의 대화가 떠오른다.

키가 큰 건우가 민서의 머리에 손을 올리며 멀리 떨어진 할아버지를 뚫어지게 보았었다.

"강아지."

"네…… 근데 저 강아지 아닌데요."

"아무튼."

"네……."

"너 언제 서울 가냐?"

"이틀 뒤요."

"가는 날 한 번만 병원에 들러줄 수 있냐?"

"왜요? 치료 더 해야 돼요?"

"아니, 부탁할 일이 좀 있어서."

건우가 민서의 머리를 만져주며 말했다.

"생각보다 귀여운 강아지라서."

며칠 전 일을 생각하던 민서의 얼굴이 빨개진다. 괜히 가슴이 두근거리긴 하지만 건우의 무표정을 떠올리면 자신에게 관심이 있어 보이진 않는다.

'무슨 일일까?'

병원 문을 열자, 병원의 유령 고 과장이 일어나며 맞아준다.

"오, 민서 학생? 오늘 치료 있어요?"

"안녕하세요, 과장님. 모건우 선생님이 부르셔서요."

"아, 그래요? 선생님 입원실에 계십니다. 가 보세요."

"네, 감사합니다."

마침 입원실 문을 열고 나오는 건우가 보인다. 여전히 막대사탕을 물고 있는 건우는 민서를 쓱 보곤 말없이 고 과장에게 다가가 손을 내민다.

"사탕 더 있습니까?"

고 과장이 이상한 눈으로 물었다.

"그거 맛있습니까? 한 박스 드린 지 며칠 안 지났는데."

"없으면 제가 사고요."

"아뇨, 많습니다. 잠깐만요."

고 과장이 뒷자리의 서랍을 열어 사탕 박스를 찾는 동안 다시 민서를 돌아본 건우가 또 아이의 머리 위에 손을 올린다.

"강아지 왔어?"

얼굴이 빨개지는 민서. '저 강아지 아닌데요'라는 말이 솟구쳤지만, 왠지 머리를 쓰다듬어 주는 손길이 좋다.

"네……."

고 과장이 사탕 한 박스를 꺼내 내밀자, 건우가 포장을 뜯어 사탕 하나를 민서에게 내민다.

"하나 먹을래?"

"고맙습니다……."

고 과장이 인상을 쓰며 말했다.

"아이들이 먹긴 쓸 텐데."

민서가 두 손으로 막대사탕을 꼭 잡고 있는 걸 본 건우가 입에 있던 사탕을 빼 보이며 말했다.

"생각보다 먹을 만해요."

고 과장이 눈썹을 찌푸리며 물었다.

"그거 맛있어서 드시는 겁니까, 설마? 청심환 사탕이라니까요?"

"뭐 하여간 맛도 괜찮단 소립니다. 우리 강아지, 가자."

건우가 민서를 데리고 병원 밖으로 나온다. 뭔가 볼일이 있어 오라는 줄 알았는데 다시 병원 밖으로 나온 민서가 물었다.

"뭐 시키시려고요?"

건우가 허리를 숙여 민서와 눈을 맞추자, 또 얼굴이 붉어지는 민서.

"이틀 전에 이야기했던 할아버지 기억하지?"

민서가 시선을 피하며 고개를 끄덕인다.

"네……."

"할아버지랑 좀 놀아줄래?"

"네?"

"할아버지 엄청 외롭거든."

"아……."

"강아지네 할아버지도 돌아가셨다고 했지?"

"네……."

"할아버진 할머니가 돌아가셨어. 그래서 엄청 슬퍼하고 계시거든. 강아지처럼 예쁜 손녀가 있었다면 할머니처럼 꿋꿋하게 버티고 살아갈 텐데, 그렇질 못해. 아무도 없어. 그래서 아주 외로워하시거든."

민서가 연민이 가득 담긴 표정으로 컨테이너를 바라본다. 할아버지를 무척 사랑했던 아이기도 하고, 혼자 남은 할머니 생각이 겹치니 무척 돕고 싶은 표정이 된다. 흐흐, 계획대로 되고 있어.

건우가 최대한 친절한 표정으로 민서의 머리를 쓰다듬는다.

"착한 강아지니까 할아버지랑 잠깐 놀아줄 수 있지?"

"네, 선생님."

"그래, 부탁한다. 말년 할머니가 찐빵 가져오신 거 몇 개 싸놨으니까 갈 때 가져가고."

"와, 진짜요?"

"응, 이따 받으러 와."

"감사합니다!"

민서가 쪼르르 달려가는 것이 보인다. 그래! 가라 내 강아지! 원래 마음이 아픈 사람은 반려동물로 치료하는 거야. 가서 애교란 애교는 다 떨어서 마음을 흐물흐물하게 풀어놔. 그래야 내가 설득을 하지.

민서 강아지를 적진에 파견한 지 두 시간이 지난 후, 입원실 문이 열리고 민서가 들어온다.

말년 할머니를 보고 있던 건우가 손을 들며 일어났다.

"여, 강아지. 잘 놀아드렸어?"

"네, 선생님."

"무슨 이야기 했어?"

"음, 그냥 할머니 이야기 물으시더라고요."

"할머니 이야기 뭐?"

"여행은 어딜 가셨고, 거기 가려면 뭐가 필요하고 이런 거요. 할아버지네 할머니도 꼭 태국에 가고 싶어 하셨대요."

"태국?"

"네, 그래서 여권 만드는 방법 알려 드렸어요. 비자는 필요 없으니까."

"음, 잘했어, 내 강아지! 할머니, 우리 강아지 간식 좀."

할머니가 곱게 웃으며 말했다.

"그렇게 말하니까 진짜 강아지 같네."

"귀여우니까 괜찮아요."

"호호, 의사 선생이 여자한테 귀엽다고 하는 거 처음 보네. 지수 씨나 은비 씨도 여자로 안 보더니."

"합격 강아지라 그래요."

"그게 무슨 뜻이야?"

"그런 게 있습니다, 자 간식 쏴주세요."

두 사람의 대화를 들으며 귀까지 빨개져 있는 민서. 할머니가 주시는 찐빵을 받아 든 민서가 꾸벅 인사를 한다.

"신세 많이 졌습니다."

끝까지 예의 바른 녀석이네, 이거. 건우가 또 민서의 머리를 만지며 말했다.

"그래, 손 한번 보자."

손의 상처를 다시 한번 꼼꼼하게 봐준 건우가 됐다는 듯 말했다.

"앞으로 5일 후에 동네 병원 가서 실밥 풀어달라고 해. 소견서 가져갔지?"

“네, 선생님.”

“좋아, 언젠가 또 만나자고. 병원에선 말고.”

“감사합니다.”

이유는 알 수 없지만 얼굴이 빨개져선 한참 머뭇거리던 민서가 병원을 벗어나자, 건우가 깍지를 끼고 기지개를 켜며 말했다.

“자, 이제 내가 나설 차례네.”

말년 할머니가 물었다.

“어딜 나서게?”

건우가 말년 할머니에게만 보이는 웃음을 보이며 말했다.

“최종 보스 사냥이요.”

“에이, 의사 선생 게임 해? 너무 많이 하지 마. 몸에도 안 좋고, 정신에도 안 좋아, 그거.”

“하하, 게임 아니고요.”

“그럼 무슨 최종 보스?”

“오, 근데 할머니 그런 말도 알아요?”

“동네 애들 이야기하는 거 들었지.”

“하하, 그렇구나. 있어요, 말 더럽게 안 듣고 고집 세고 말수 적은 90년 묵은 몬스터.”

말년 할머니가 고개를 갸웃거렸지만 웃으며 손을 흔들어 준 건우가 병원 밖으로 나와 불이 켜진 컨테이너로 간다.

창문으로 안을 보니 민서를 보고 나선 할머니가 더 보고 싫어졌는지 의자에 앉아 할머니 영정 사진을 물끄러미 보고 있는 할아버지가 보인다.

"큭."

또다시 심장이 아프다. 젠장, 혜영 이모. 지금 작업 중이잖아. 조금만 참으라고! 컨테이너 창문에 유령처럼 선 건우가 입을 열었다.

"할아버지."

이미 인기척을 느끼고 있었는지 물끄러미 사진만 보고 있는 할아버지.

건우가 또다시 쿡쿡 찔러대는 심장의 고통을 가라앉히며 말했다.

"수술해요."

"……."

"그대로 할머니한테 가서 뭐라고 하시려고요. 나 당신 먼저 가고 병원 청소만 하다 죽었어. 이러게요?"

할아버지는 여전히 말없이 할머니 사진만 바라본다.

"할머니 생전에 하고 싶다, 먹고 싶다 말씀하셨던 거 다 하고 가셔야 할머니 옆에서 할 말이 생기죠. 안 그래요? 한 백 년은 떨 수다거리 가지고 가셔야 할머니도 안 심심할 거고."

할아버지의 몸이 움찔한다. 좋아, 좋은 시그널이야.

"아까 꼬마 왔다 갔죠? 저도 들었는데 할머니가 태국 가고 싶어 하셨다면서요."

할아버지가 슬그머니 고개를 든다. 건우가 짐짓 이국의 햇살을 느끼는 표정으로 말했다.

"캬, 태국에 푸켓 알아요, 푸켓? 거기 빠통 비치라고 있어요. 이야, 거기 석양이 아주 그냥 죽여주죠. 바닷가에 쫙 펼쳐진 방갈로에서 맥주 한잔에 게 요리 먹으면서 석양 보면 천국이 따로 없다니까요? 할아버지 거기 가서 석양 보고 와서 할머니한테 이야기해 주면 진짜 좋아하실걸요?"

할아버지가 건우를 물끄러미 바라보다 입을 달싹인다. 오오, 드디어 입을 여는 거야, 할아범?

"거기…… 좋아?"

옳다구나 한 건우가 창살을 잡고 말했다.

"진짜 좋다니까 그러네. 내가 사진 보여줄까요?"

"사진…… 있어?"

"핸드폰에 있죠."

"보여줘."

"문 열어봐요. 당장 보여줄게요."

할아버지가 사진을 놓고 걸어와 문을 열어준다. 드디어 할아버지가 자신을 컨테이너로 들였다. 이것만으로 엄청난 수확이다.

신발을 벗고 들어온 건우가 소파에 앉아 핸드폰을 검색해 태국 해변을 보여준다.

"여기요, 여기가 빠통 비치예요. 여기서 바닷가를 따라 쭉 전부 해변인데 코스마다 좋은 곳이 진짜 많죠. 마사지 받는 곳도 많은데 막 야외에서 해주고 그래요. 이상한데 아니니 걱정 마시고. 마사지 받으면서 한숨 자면 여기가 바로 천국이라니까?"

할아버지가 핸드폰의 사진들을 물끄러미 보다 물었다.

"가 봤어?"

"……."

"안 가 봤어?"

"가 봤어요."

"음, 그래."

미안합니다, 안 가봤습니다. 사느라 바쁜데 어딜 갑니까? 그냥 TV에서 봤습니다. 어라, 이번엔 심장이 안 아프네? 거짓말했는데 왜 안 아파? 뭐야, 혜영 이모. 그때그때 다른 거야 뭐야?

건우가 핸드폰을 쥐고 말했다.

"할아버지, 맛있는 거 먹고 좋은 곳 가면서 인생 즐기라는 말이 아닙니다. 나중에 할머니한테 이야기해 줄 경험을 쌓으라는 거예요. 할머니가 생전에 하고 싶고, 먹고 싶었던 거 대신 먹고 가 보면 할 말 많이 생기잖아요. 할머니 만나면 손잡고 울기만 할 거예요? 천년만년? 아니죠? 그러니까 수다거리 찾으러 가는 겁니다."

할아버지는 가만히 핸드폰의 화면에 시선을 고정한다. 동남아 특유의 야자수가 밤바다 앞에 서 있는 이국적 풍경이다.

"할멈이 보고 싶어 했어. 테레비에서 태국 나올 때마다."

"그렇죠? 그러니까 할아버지가 가는 겁니다."

"돈 많이 드나?"

"동남아는 그렇게 비싸진 않아요. 알아봐 드려요?"

"선생이?"

"네, 요즘은 핸드폰으로 다 알아볼 수 있는데요 뭐."

"……."

부탁하자는 이야긴 안 나오는 모양이다. 그거야 뭐 혜선이 시키면 금방 알아보겠지. 젊은 애니까 빠를 거야.

건우가 핸드폰을 소파에 놓으며 깍지를 꼈다.

"근데 할아버지가 거기 가다가, 혹은 거기서 쓰러지면 어째요? 할머니한테 말해줄 거 산더미인데 그거 다 못 보고 죽으면 얼마나 억울해. 그러면 안 되잖아요?"

"……."

할아버지는 여전히 오락가락하는 표정이다. 이때가 결정타를 날릴 때이다.

"여기서 수술합시다."

할아버지가 놀란 표정을 지었다. 원장과의 대화로 여기선 수술이 어렵다는 사실을 들었기 때문이다.

"여기서?"

"네, 합시다."

"선생이 할 건가?"

"여기 그 수술할 수 있는 사람 저밖에 없는데요."

"……."

건우가 할머니 사진을 들어 보인다.

"자, 할머니한테 물어봐요. 수술할지 말지."

가만히 할머니 사진을 보던 할아버지가 점점 고개를 숙인다. 그러곤 흐느끼기 시작했다.

"……."

소리 없는 울음. 숨을 죽인 울음이 컨테이너에 퍼져 나간다.

바닥에 흘러 내리는 눈물을 바라보며 말없이 답을 기다리는 건우. 한참을 운 할아버지가 눈물을 닦으며 마침내 고개를 끄덕인다.

"오래 살게 해달라곤 안 해. 아흔 넘어서 염치가 있지. 할멈 가고 싶었던 여행 한 번만 가게 해주면 돼."

됐다! 제길, 더럽게 어려웠다. 건우가 영정 사진을 던져 버리려다 정신을 차리고 살며시 소파에 놓았다. 왼쪽 가슴을 살며시 두드린 건우가 말했다.

"맡겨두세요."

할아버지가 건우를 물끄러미 바라보다 자리에서 일어나

천천히 허리를 숙였다.

“할멈의 마지막 소원을 잘 부탁드리겠소, 선생님.”

무릉도원 병원 원장실.

이 병원에 오게 된 후 처음으로 원장실에 들어와 본 건우는 작지만 꽤 고풍스러운 가구들과 책장에 꽂힌 오래된 고서적들을 구경하고 있다.

‘이름과 달리 꽤 학식 있는 사람인가 보구나.’

하긴, 그렇지 않은 이가 어찌 원장 자리에 있겠는가? 아무리 개차반 원장이라도 학식은 있어야지. 순간 본원 원장 얼굴이 떠오른 건우가 혀를 찼다.

‘언젠가 손 봐준다. 원장, 이사장, 홍보실장, 원무과장.’

건우의 시선이 원장에게로 향한다. 그는 소파에 앉아 심각한 눈으로 최씨 할아버지의 CT 결과를 보고 있다.

“모 선생님.”

“예.”

“필름상으로 보기엔 cancer cell(암세포)이 anal sphincter(항문 괄약근)는 피해간 걸로 보이는군요.”

“맞습니다, 항문은 살릴 수 있습니다.”

원장은 여전히 얼굴이 펴지지 않는다.

"하지만 말입니다, 모 선생님. 암세포가 괄약근을 침범하지 않았기 때문에 항문을 살릴 수 있지만, 대신 항문을 통한 복강경 수술이 불가능하고, 개복해야 한다는 단점도 있습니다."

"맞습니다."

"최씨 아저씨 연세가 90세입니다. 개복수술 후 회복을 하실 수 있겠습니까?"

"항문 보존 및 최소 침습 수술은 불가능합니다. 둘 중 하나를 포기해야 한다면 최소 침습 쪽을 포기해야죠."

"하……."

원장이 고민한다. 어차피 90이 넘은 할아버지다. 괜히 건드려서 더 일찍 유명을 달리하는 결과가 될 수 있다. 건우가 그런 원장을 가만히 보며 물었다.

"테이블 데스 때문에 그러십니까?"

원장이 그런 건우를 물끄러미 바라보다 너털웃음을 흘린다.

"내가 그런 게 두려운 의사였으면 이런 시골 병원에 박혀 있을 것 같습니까?"

음, 아니군. 다행이야, 본원 원장과 다른 인간이라서.

"그럼 맡겨주시죠."

"선생님."

"예."

"솔직히 말씀해 주시죠. 직장암 수술 경험이 몇 횝니까?"

"7횝니다."

"집도의였습니까?"

"……."

원장에게까지 거짓을 말할 순 없다.

"아닙니다."

원장은 이미 짐작하고 있었는지 고개를 끄덕이며 한숨을 쉰다.

"그렇군요."

"수술 허가 안 해주실 겁니까?"

원장이 반대하고 나서면 할 수 없다. 다시 할아버지를 설득해 다른 병원에서 수술받게 할 수밖에.

원장은 건우를 물끄러미 바라보다 말했다.

"최씨 아저씨와 이야길 해봤습니다."

"……."

원장은 한참 건우를 바라보다 말했다.

"아저씨 말이, 모건우 선생 같은 의사라면 수술받겠다고 하시더군요. 그 말을 뒤집으면 곧 모건우 선생님이 아니면 수술받지 않겠다는 것이겠죠."

대충 좀 받지. 큰 병원 가서 수술받는 쪽이 훨씬 좋을 텐데.

"그렇습니까."

원장은 잠시 소파 손잡이를 손가락으로 두드리며 고민하다 말했다.

"정선 군립 병원이라고 아십니까?"

안다, 대한민국 최초로 정선군이 설립한 군립 병원이기 때문이다.

"예."

"거기 제 후배가 직장암 수술을 전문으로 합니다. 특별히 부탁을 하면 수술 보조 자리 정도는 얻어낼 수 있습니다."

"음."

조금 아쉽다. 집도의를 해볼 수 있으면 더 좋을 텐데. 하긴 외부 의사에게 집도의 자리를 맡기는 병원이 있을 리 없지. 제정신이라면.

"부탁드립니다."

일단 원장은 허가하는 분위기다. 공부를 하고 오라는 것도 거절할 순 없지. 게다가 이건 자신에게도 기회다.

원장이 고개를 끄덕이며 필름을 옆으로 치운다.

"수술 팀은 어떻게 할 겁니까?"

"제가 집도의, 김중곤 선생이 퍼스트, 혜선 선생이 세컨드, 이은비 간호사가 PA, 오지선 선생이 anesthesia(마취), 김지수 간호사가 recovery(회복)를 맡을 겁니다."

"음……."

레지던트 2년 차와 인턴. 말도 안 되는 OP 조합이다. 하지만 할 수 없는 상황.

원장이 말한다.

"보조라도 외부 의사를 모셔오는 건 어떻습니까?"

건우가 잠시 생각해 본 후 고개를 저었다.

"그들이 여기 내려오게 된 건 제 탓입니다. 모자란 수술 경험을 보상해 주고 싶습니다."

원장이 할 수 없다는 듯 고개를 끄덕인다. 아마도 정보통인 고 과장이 이미 본원에서 어떤 일이 있었는지 다 알아낸 모양이다.

"바로 팀 소집해서 스터디 시작하시고, 선생님은 정선으로 가세요. 말녀 할머니는 이제 선생님 없어도 되지 않습니까?"

"예, 김지수 간호사가 있으면 괜찮습니다."

"알겠습니다, 제가 손써두죠."

음, 한가한 원장. 의외로 발이 넓다. 게다가 이 병원도 수상하다. 코딱지만 한 병원에 있을 건 다 있다. 도대체 뭘까, 이 병원은.

오지선의 방.

작은 방에 중곤, 혜선, 지수, 은비가 들어오자 방이 꽉 찬다. 좁은 의자에 서로 어깨를 붙이고 앉은 사람들을 둘러본 오지선이 말했다.

"모건우 선생님이 정선 병원에 가신 건 다들 아실 겁니다. 선생님 대신 제가 여러분의 수술 스터디를 맡았으니 다들 잘 부탁드려요."

오지선이 먼저 고개를 숙이자, 모두가 엉거주춤 고개를 숙인다.

오지선이 자료를 나눠주며 말했다.

"다들 검사에 참여했으니 환자 상태는 알 것이고, 수술 순서에 대해 브리핑할게요. 그전에 질문?"

서로 눈치를 보는 사람들. 아무래도 오지선과는 접점이 없었기에 생소한 분위기가 감돈다. 혜선이 눈치를 보다 슬그머니 손을 들었다.

"저……."

"네, 정혜선 선생."

"오 선생님은 직장암 수술 경험이 있으신가요?"

"네, 있습니다."

"얼마나요?"

"한 오십 회쯤?"

"와……."

사람들의 눈빛이 바뀐다. 우리가 할 수 있을까? 하는 표정에서 이런 사람이 있으면 할 수 있어! 라는 표정들로 바뀐 것이다.

사람들이 자기들끼리 눈빛을 교환한 것을 지켜보던 오지선이 실소를 지으며 아침에 정선으로 떠난 건우가 했던 말을 떠올렸다.

'수술 경력 물으면 무조건 다섯 배 뻥튀기해요.'

'왜요?'

'불신은 실수를 낳고, 믿음은 기적을 가져오니까.'

무표정한 얼굴로 막대사탕을 빨고 있는 남자. 참 이상한 사람이지만 이유 없이 믿음이 간다.

'게다가 난 말년 할머니 수술 현장에 있었어.'

말은 안 했지만 오지선은 그날 크게 놀랐었다. 자신이 마취를 맡았던 수많은 수술들.

내로라하는 교수들의 움직임에 비교해도 전혀 손색없는 건우의 속도. 아니, 오히려 유수의 교수들보다 더 빠른 것 같았다.

'엄청난 속도, 정확성. 그리고 그 눈.'

언뜻 보면 무척 이상해 보이는 한쪽 눈만 푸른색인 의사. 착각인 것이 당연하지만 그의 푸른 눈이 번쩍일 때 그는 사람의 병증을 꿰뚫어 보는 것만 같았다.

오지선이 건우 생각을 하며 주먹을 꼭 쥐었다.

'그래서 두말없이 수술하겠다고 했지.'

오지선이 두말없이 건우의 제안을 승낙한 건 이런 이유들이 깔려 있기 때문이었다.

"자, 그럼 중곤 쌤은 퍼스트니까, 개복 후에 sigmoid colon(에스결장) 하단을 붙잡고 계셔야 해요. 미리 자료들 보시고 어떻게 움직이셔야 할지 생각하세요. 모건우 선생님 지시는 '수술 중 절대 장을 놓쳐선 안 된다'였어요. 미리 손아귀 운동도 좀 하세요."

"예, 선생님."

물론 건우는 이렇게 부드럽게 말하지 않았다.

'중곤이 그놈, 수술 중에 손에 쥐 난다고 sigmoid colon 놓치면 죽여 버릴 거라고 전해줘요.'

오지선이 실소를 지으며 은비에게 말했다.

"은비 씨, 세 번째 장 보면 수술 필요 도구 정리돼 있어요, 없는 거 있나요?"

은비는 머리에 수술실 도구가 다 들어 있는지 눈으로만 쓱 보고 말했다.

"다 있습니다만, 소모 도구가 부족한 것이 몇 개 있습니다, 금일 고 과장님께 말씀드려서 주문해 둘게요."

"네, 좋아요. 그쪽은 맡기겠습니다."

오지선이 지수를 보며 말했다.

"항암 약물 치료와 방사선 치료는 어떻게 진행하실 생각이신가요?"

지수가 바로 말했다.

"모건우 선생님 지시로, 원장 선생님께 부탁드렸습니다. 그쪽은 원장님이 직접 해주실 겁니다, 선생님."

"음, 좋아요. 그럼 다들 공부 시작해 볼까요?"

모두가 지시를 받고, 뭔가를 확인받았는데 자신에게만 아무 말도 하지 않는 것에 풀이 죽은 혜선이 작게 물었다.

"저…… 혹시 저는 지시 사항 없나요?"

말해놓고도 스스로 웃기다. 인턴 나부랭이한테 무슨 지시를 하겠는가? 수술실에서 방해가 안 되면 다행이다. 괜히 물었다는 생각에 얼굴을 붉히는 정혜선.

오지선은 그녀를 바라보며 미소를 지었다.

"혜선 선생님이 제일 중요해요."

혜선이 고개를 번쩍 들었다.

"예?"

오지선이 자료를 옆에 놓고 말했다.

"모건우 선생님이 그랬어요. 수술 자체보다 수술 후가 더 중요하다고. 그래서 혜선 선생님의 역할이 가장 중요하다고 하더군요."

혜선의 얼굴이 활짝 핀다.

"정말이요? 정말 모건우 선생님이 그렇게 말씀하셨어요?"

"물론이죠."

"무슨 역할인데요? 제가 뭐 하면 돼요?"

오지선이 미소를 지으며 말했다.

"인간은 왜 수술을 할까요?"

이상한 질문에 황당한 표정이 된 혜선이 머뭇거리며 말했다.

"음, 살기 위해서가 아닐까요?"

"맞아요, 하지만 왜 살길 원하는지가 문제죠."

이게 무슨 말인가? 생존을 원하는 건 인간의 본능인데. 오지선이 갸웃거리는 혜선을 보며 웃는다.

"하하, 할아버지는 이미 90세세요. 더 살기 원하는 이유가 따로 있으시죠."

그때가 되어서야 모두의 머리 위에 꼬마전구가 번뜩 켜진다. 할아버지의 소원이 무엇인지 생각났기 때문이다.

오지선이 말을 덧붙였다.

"모건우 선생님은 수술에선 혜선 선생이 하나라도 더 지켜보고 배우길 원하시고, 환자를 위해서는 수술 후 회복이 되면 태국 여행을 갈 수 있게 알아보는 것이 중요하다고 하셨어요. 혜선 선생님은 여행 시 필요한 것들을 챙겨주시면 돼요. 할아버지가 아무 어려움 없이 여행을 가실 수 있도록. 모건우 선생님은 수술보다 이쪽이 훨씬 중요하다고 하셨어요.”

혜선이 감동한 표정을 지었다.

“아…… 역시 모 선생님.”

감동하고 있는 혜선을 바라보는 오지선의 머릿속으로 건우가 했던 말이 떠오른다.

‘혜선이는 아무 도움이 안 되니까 수술실에 오면 그냥 지켜만 보라고 할 겁니다. 지켜보는 것도 못 하면 나가 죽어야지. 그보단 할아버지 태국 여행 갈 때 필요한 거나 알아보라고 해주세요. 휴게실에서 핸드폰 하는 거 보니까 손가락이 안 보일 정도로 빠르던데. 빨리 알아볼 수 있겠죠. 핸드폰 타자 칠 시간에 봉합 연습을 했으면 세계적인 명의가 됐을 정도라니까?’

실소가 흘러나오는 걸 간신히 참은 오지선이 박수를 치며 독려했다.

“자! 그럼 각자 스터디 시작하겠습니다, 모르는 부분이 있으면 질문하세요.”

직장암 수술에 대해 공부를 시작한 수술 팀. 그들의 공부는 밤을 지새우며 계속된다.

그리고 일주일 후, 드디어 할아버지의 수술 일정이 잡혔다.

말년 할머니 옆자리를 배정받은 할아버지가 환자복을 입고 침상에 눕자, 수술에 필요한 각종 검사를 시행하는 수술 팀.

항암 치료와 철저한 관리 속에 2주일이 더 흐르고, 마침내 건우가 돌아왔다.

반복되는 공부 속에 만반의 준비를 갖춘 수술 팀들이 큰 가방을 들고 돌아온 건우를 기대에 찬 눈으로 바라본다.

이제 건우가 '모두 준비됐나?'라는 말을 시작으로 희망찬 발언들을 해주며 사기를 돋워주겠지?

모두의 시선을 받고 있는 건우가 무표정한 얼굴로 입에 넣고 있던 사탕을 뺀다.

"뭐? 왜 그렇게들 봐?"

기대에 찬 사람들의 표정이 바람 빠진 풍선처럼 일그러질 때 오지선이 웃음을 터뜨렸다.

"푸하하!! 그래, 모건우 선생님은 이래야지, 하하하!!!"

뭐야, 나 방금 돌아왔는데 뭔 일이 있었기에 분위기가 이리 좋아? 아씨, 배고픈데 할머니 찐빵 남은 거 좀 없나?

드디어 수술 당일.

최씨가 아침부터 불안한 눈동자를 굴린다. 스스로 수술

하겠다곤 했지만, 수술이란 놈은 마음을 갉아먹는 괴물이다. 어떤 사람도 수술을 두려워하지 않을 수 없다.

옆 병상에서 물끄러미 최씨를 바라보던 말년 할머니가 말했다.

"남자가 돼서 뭐 그리 긴장을 하고 그래요? 나도 하고 나왔는데."

"……."

"응? 천국에서 아내가 다 보고 있을 텐데."

할아버지가 인상을 구기며 몸을 일으켰다.

"긴장 안 했소."

말년 할머니가 괜히 긴장을 풀어주려 장난을 건다.

"에이, 얼굴이 딱딱하게 굳었는데 뭘."

"원래 이런 얼굴이요."

"하하, 그건 그래요."

그때 입원실 문이 열리며 수술 팀이 들어온다. 건우를 필두로 양 옆으로 늘어선 수술 팀.

긴장한 얼굴의 최씨가 침을 꿀꺽 삼키며 건우를 바라본다.

오늘도 여전히 무표정한 얼굴에 사탕을 물고 있는 건우. 밤새 의무 기록에 체크된 사항을 확인한 건우가 손을 풀며 말했다.

"하, 할아버지. 나 진짜 고생하고 왔거든요?"

최씨가 인상을 쓰며 말했다.

"수술해 준다고 하더니 한 달이나 코빼기도 안 보이던 사람이 뭐가 고생스러워?"

건우가 눈썹을 찌그러뜨리며 손을 들었다.

"할아버지 수술한다고 내가 정선까지 가서 직장암 수술을 3주 동안 42회나 하고 왔다고요. 손에 쥐가 난 게 수십 번이라니까?"

할아버지가 슬그머니 시선을 돌린다. 최근 비슷한 수술을 마흔 번 넘게 하고 왔다니 조금 안심이 된다.

할아버지 표정을 보며 웃음 짓는 말년 할머니가 말했다.

"의사 선생이 말투가 저래서 그렇지, 마음은 따뜻하다니까. 지금도 봐요, 아까보다 훨씬 안심되지요?"

할아버지가 쓱 건우를 본다. 자길 안심시키려고 거짓말을 한 것이냐는 눈빛.

건우가 와락 인상을 구긴다.

"진짜라니까! 직장암 수술 그거 한번 하면 몇 시간이나 걸리는데 하루에 두 탕씩 뛰었다니까?"

"알았어, 선생. 나 긴장 안 할 테니 그쯤 해두지."

"아니, 진짜라니까! 막 수술하다 졸 뻔하고 그랬다니까!"

억울해 보이는 건우. 하지만 그를 둘러싼 다른 이들은 모두 한 편의 코미디를 보듯 웃음 짓고 있다.

은비가 웃으며 지수에게 속삭였다.

"건우 쌤은 말투만 고치면 진짜 사랑스러운 의사 선생인데, 안 그래?"

지수가 눈웃음을 지으며 고개를 끄덕인다.

"마음이 따뜻하셔."

혜선은 무척 존경스러운 표정으로 건우가 하고 있는 행동들을 모두 눈과 귀에 담고 있고, 중곤은 조금 긴장되는지 주먹을 쥐었다 폈다 하고 있다.

건우가 코를 찡그리며 말했다.

"참나, 개고생하고 왔는데 믿어주지도 않고. 오지선 선생, 준비해 줘요."

오지선이 나서자, 지수가 작은 주사기를 건넨다.

"자, 할아버지. 미리 알레르기 검사는 했지만, 이건 최종 검사예요. 이거 통과하면 이따 11시쯤에 수술할 거예요. 어제부터 금식하셨죠?"

"음."

"물 안 드신 것 맞죠?"

할아버지가 말년 할머니를 째려보자, 할머니가 웃으며 말했다.

"걱정 말아요, 내가 물 한 모금 못 마시게 감시했거든, 하하."

할아버지 눈치를 보니 몰래 물을 마시려고 했던 모양이다. 말년 할머니가 있어 다행이다.

오지선이 웃으며 주사를 놓는다.

"자, 그럼 혹시 열이 나거나 두드러기 증세가 있으면 바로 알려주세요, 지수 씨가 좀 관찰해 주시고요."

건우가 목을 풀며 중얼거린다.

"퍼뜩 수술하고 태국 갑시다. 아, 나도 가고 싶다, 태국."

할아버지가 물끄러미 건우를 올려다보자, 목을 주무르던 건우가 씩 웃으며 말했다.

"태국 가서 할머니 몫에 내 몫도 좀 더해서 구경해 줘요, 나도 가고 싶은데 못 가거든요."

할아버지가 건우를 바라보다 슬쩍 미소를 짓는다.

건우가 눈을 동그랗게 뜨고 손가락질을 한다.

"뭐야, 웃었다! 방금 웃었죠? 내가 잘못 본 거 아니죠? 어, 어? 다들 봤지? 봤지, 어?"

얼굴이 붉어져서 무표정으로 돌아가는 할아버지. 다들 눈치껏 모른 척해주고 있지만 유독 건우만은 한 명씩 붙잡고 소리를 지른다.

"내 눈이 이상한 게 아니지, 그렇지? 너도 봤지?"

할아버지가 부끄러워하실까 눈치가 보인 수술 팀들이 조용히 해산한다.

그들의 옷자락을 붙잡은 건우의 외침만이 들려온다.

"어? 너도 봤잖아, 야! 저 할아버지 웃었다고, 난 안면 근육 마비가 온 줄 알았다니까? 웃을 수 있네, 뭐!"

안면 근육 마비는 당신이겠지, 당신도 똑같은 무표정이

거든? 하는 얼굴로 수술 준비를 하러 가는 수술 팀들이다.

수술에 앞서 꼼꼼하게 손을 소독하는 건우가 수술 자국이 슬쩍 비치는 손목을 보며 생각에 잠겨 있다.

'수확이 있었어.'

원장의 소개로 파견 갔던 정선의 병원. 원장을 비롯한 병원 식구들은 단지 연습을 하러 가는 것으로 알고 있었지만, 건우는 다르다. 자신의 상태에 대한 확신. 특히 이 손에 대한 확신이 필요했다.

최대한 많은 수술에 참여하며 오히려 담당 의사가 좀 쉬어야 하는 것 아니냐 만류하기까지 했었다.

하지만 장시간의 수술에도 다리는 아플지언정 손은 전혀 문제없이 움직였다.

'아니, 오히려 수술 전보다 더 좋다. 가끔은 손이 저절로 움직인다 느낄 때도 있을 정도였어.'

그냥 하는 소리가 아니다. 직장암 수술은 보조로만 서봤다.

하지만 자신의 손은 마치 오래 수술을 한 외과의사의 손처럼 능숙하게 움직였으며 어떤 때는 머리가 생각하기 전에 움직였다.

그것은 꼭 손 자체에 기억이 저장되어 있는 것만 같았다.

건우가 노란 소독제가 가득 묻은 손을 들어 올렸다.

'닥터 램지의 손.'

시리아에서 총에 맞아 창자가 터지고, 간에 치명상을 입은 환자를 순식간에 수술이 가능한 상태까지 끌어올리던 신기에 가까운 손놀림.

그의 손놀림을 반만 가질 수 있다면 좋겠다 생각했었다. 그런데 지금 그 손이 자신에게로 와 있다. 그렇다고 그의 움직임을 가질 순 없지만 말이다.

"할 수 있다."

이젠 자신이 있다.

닥터 카터의 수술로 만들어진 자신의 몸. 그것은 외과의사로 살아가라는 신의 계시일지도 모른다.

수술실 문이 열리고 마스크를 쓴 혜선이 나와 말했다.

"준비 끝났습니다, 선생님."

"음."

건우가 손을 마저 씻은 후 양손을 들고 자동문을 발로 차고 들어온다.

수술대 위에 이미 마취가 완료되어 산소 마스크를 쓴 채 곤히 잠들어 있는 할아버지가 보인다.

오지선이 엄지를 들어 보이며 말했다.

"Captain(선장), Control Center(관제 센터)는 준비됐으니 이

제 출항하시죠?"

음, 언젠가 들어봤던 대사 같은데. 말년 할머니 수술할 때 했던 말이잖아? 설마 낯 간지럽게 수술할 때마다 그 대사 읊는 거야? 안 그렇게 생겨서 왜 이래?

"V/S는?"

오지선이 어깨를 으쓱했다.

"전부 정상 수치입니다, 선장님."

아 좀. 선장이라고 부르지 마, 이 여자야. 오글거리게.

지수가 수술복을 마무리해 준 후 장갑을 끼워준다.

메이요(Mayo)대 옆에 있던 은비가 살짝 비켜주고, 최씨 할아버지를 가운데 두고 반대편에 서 있는 중곤에게 고개를 끄덕여 보인 건우가 말했다.

"5월 21일 오전 11시 13분, 최기문 환자 carcinoma recti(직장암)에 의한 Low anterior resection(전방 절제술)을 시작합니다."

드디어 건우가 수술 선고를 하고, 손을 내밀자, 은비가 재빨리 메스를 쥐여준다.

환부를 바라보던 건우가 잔뜩 긴장한 중곤을 쓱 보고 말했다.

"인마."

"……."

"김중곤."

"아, 예, 선생님!"

"정신 차리고, 도구도 챙기고 인마."

"죄송합니다!"

수신호도 없이 대뜸 손을 은비 쪽으로 내미는 중곤. 하, 그래 가지고 뭘 달라는 건지 간호사가 알겠냐?

하지만 은비는 수술 순서를 통째로 외웠는지 바로 환부를 견인할 때 필요한 kocher retractor(견인기)를 넘겨준다. 음, 은비 씨라도 똘똘해서 다행이군.

하복부 정중 절개로 개복을 시작하는 건우. 곧 시뻘건 근육 세포들과 복막이 보인다. 정확히 한 겹씩 절개되어 가는 복부를 본 중곤의 눈이 커졌다.

'빠르다!'

빠르다. 중곤이 참관했던 수술들 중에는 외과 정교수의 수술도 있었다.

하지만 그도 이렇게 빠르고 정확하게 절개하진 못했다. 한 치의 틀림도 없이 기계처럼 오가는 건우의 손.

절개부터 침을 꿀꺽 삼키는 중곤의 귀로 건우의 목소리가 들려온다.

"환부 벌려."

"예!"

"retractor(견인기)로 환부 잡고 carcinoma(직장)을 pubis(치골) 쪽으로 잡아당겨."

"예!"

중곤도 미리 공부를 하고 들어와서인지 곧잘 한다. 물론 본원에서 수술을 했다면 집도의가 일일이 지시하지 않아도 알아서 해야 한다. 못 하면 욕을 바가지로 먹는 것이고.

직장을 천골에서 박리해 암세포가 번식하고 있는 곳을 확인한 건우가 말했다.

"carcinoma(직장) 말단부 항문관 상부에 폐쇄되기 직전의 cancer cell(암세포) 확인, 박리 진행한다. 중곤, Waldeyer(직장 천골 인대) 잡아."

"예."

건우가 손을 은비 쪽으로 뻗으며 말을 하려는 찰나, 벌써 손에 뭔가가 들어온다.

시선을 돌려보니 손에 자신이 달라고 말하려 했던 linear cutter (자동 문합기)가 있는 것이 보인다.

'호, 정선병원 PA들도 이건 말해야 주던데.'

PA가 확실하게 제 역할을 해주니 수술이 팽팽 잘 돌아간다. 만족스러운 얼굴로 수술을 진행하는 건우.

은비도 그녀 나름대로 무척이나 놀라고 있다.

'어, 엄청나다!'

S상 결장을 박리하고, 하장간막 동맥을 처리 후 S상 결장간막과 S상 결장을 절단하는 과정까지 순식간에 끝내 버리는 건우.

은비가 눈이 왕방울만 해져선 시간을 확인했다.

'여기까지 40분! 본래 네 시간 이상 걸리는 수술인데 이렇게 가면 두 시간 반이면 끝나겠어. 이 사람 도대체 뭐지?'

마치 손이 네 개는 되는 듯 개복 부위 위를 미끄러지듯 춤추는 건우의 손. 무아지경에 빠진 듯 푸른 눈을 번뜩이며 수술하는 건우의 모습이 모두의 눈에 들어온다.

측방 인대를 절단하고 직장 측방을 박리하는 건우의 움직임을 주시하고 있던 혜선이 입을 떡 벌린다.

'와…….'

이게 원래 이렇게 쉬운 수술이었던가? 단 한 번의 위기도 없이, 단 한 번의 실수도 없이 완벽하게 진행되는 수술. 가끔 건우의 목소리만 들리는 수술실.

"다음, Denonvilliers 근막을 carcinoma(직장) 벽에 붙여 박리한다."

측방 인대를 절단하고 직장 측방을 박리하자, 오지선이 시간을 확인한다.

'세상에! 아직 한 시간도 안 지났는데!'

도대체 정선병원에서 어떤 수업을 받고 왔길래 저렇게 움직일 수 있단 말인가?

계속해서 모니터와 수술을 번갈아 보던 오지선은 신기에 가까운 건우의 움직임에 그저 입만 벌리고 있을 뿐이다.

사람들이 자신을 보고 있든, 놀라든 전혀 관심 없는 건우는 마스크 아래로 활짝 웃고 있다.

'손이, 닥터 램지의 손이 제대로 움직인다, 으하하!'

이제야 자신의 상태에 대한 확신이 든다. 작게 주먹을 꽉 쥔 건우의 눈빛이 차갑게 빛났다.

'의사로 살 수 있다.'

마침내 확신을 가진 건우. 수술 팀들이 너무나 빠른 수술에 놀라고 있을 때 건우가 입을 연다.

"혜선."

드디어 자신에게도 일이 생기는 걸까? 재빨리 다가온 혜선이 의지가 가득 찬 목소리로 답했다.

"네, 선생님!"

"비행기 알아봐라."

"……네?"

"태국 가는 비행기 알아보라고."

"네……."

"좀 비켜서, 방해된다."

"힝…… 수술실에선 잘 지켜보게 해주신다고……."

건우의 말을 순화해서 전달했던 오지선이 혜선이 상처받을까 걱정하는 눈빛을 보내온다.

저리 가, 지금 내 손이 얼마나 부드럽게 움직이고 있는데. 인턴 따위한테 방해받을 장면이 아니라 이 말씀이지.

모니터 뒤에 있는 오지선이 마구 눈을 깜빡이는데 저게 뭔 신호인지 모르지만 내 알 바 아니지.

"할아버지, 정신 좀 드세요? 여기 좀 볼까요?"

플래시를 최씨 할아버지의 눈에 비춘 오지선이 잘 떠지지 않는 눈을 억지로 뜨는 할아버지의 동공을 확인 후, 가운 앞주머니에 플래시를 넣고 고개를 돌려 모니터를 본다.

"body temperature(체온) 35.6℃, pulse(맥박) 분당 71, breath(호흡) 분당 14, blood pressure(혈압) 92/130 ㎜Hg, 이완압 66이네요. 살짝 낮은 감이 있지만 연세를 고려해 보면 정상 범주입니다."

아직 수술복 차림인 중곤과 혜선이 안도의 한숨을 쉬었다. 지수가 눈동자를 굴리며 정신이 없는 최씨 할아버지에게 몸을 숙이며 말했다.

"할아버지, 여기 어디인지 아시겠어요?"

최씨 할아버지는 여전히 눈만 굴리며 상황을 파악 중인 것 같다. 아마 정신이 없어 그런 모양이다.

지수가 눈웃음을 지으며 말했다.

"수술 잘 끝났어요, 이제 할머니 소원 이루러 가셔야 되니까 회복에만 힘쓰시면 돼요, 아셨죠?"

할머니 이야기가 나오니 정신이 좀 드는지 움직이지 않는 고개를 슬쩍 끄덕이는 할아버지.

오지선이 웃으며 말했다.

"우리 할아버지, 고령이신데 빨리도 정신 차리신다. 아직 건강하시네요. 지수 씨, 여기서 관찰하다가 한 시간 후에 중환자실로 이동할게요."

"네, 선생님."

오지선이 일어나 회복실을 나서며 마스크를 벗어 쓰레기통에 넣었다. 아직 수술복 차림의 오지선이 한숨을 쉬며 시간을 보곤 실소를 짓는다.

"환자가 회복실로 오는 시간까지 겨우 2시간 58분."

직장암 수술은 평균 네 시간이 걸린다. 그런데 모건우라는 선생은 세 시간도 안 되어 끝내 버렸다. 조금 전 수술실에서 자신이 본 광경을 떠올리는 오지선.

'아무리 abdominoperineal resection, Miles op(복회음식 직장 절제술)가 아니라 비교적 난이도가 낮은 Low anterior resection(전방 절제술)이라곤 하지만 이건 말도 안 되는 속도야.'

수술 시간 내내 오지선의 눈길은 건우의 손에 꽂혀 있었다. 단순히 속도만 빠른 것이 아니다. 정확도와 물 흐르는 듯한 부드러움. 환자의 몸에 최소한의 부담만 남기는 움직임이었다.

오지선이 심각한 얼굴로 복도를 노려 보았다.

"마치 이 수술을 30년은 해본 노련한 의사 같았어."

자기가 말해놓고 스스로 웃어버리는 오지선.

그녀는 안다. 건우가 정선 병원에 간 것이 경험을 쌓으러 간 것이라는 걸. 물론 3주 동안 40회가 넘는 수술을 했다는 건 대단한 일이다.

만약 자신이었다면 어땠을까? 네 시간 이상 걸리는 수술을 하루 두 건 이상 소화했다면 몸이 견디지 못했을 것이다.

오지선이 복도 끝의 문을 노려보며 중얼거린다.

"모건우 선생님. 당신 도대체 누굽니까?"

같은 시각 최씨 할아버지의 컨테이너 앞.

고양이 집 앞에 쪼그리고 앉은 건우가 참치 캔의 기름을 따라내며 콧노래를 부른다.

"할아버지 없어서 오늘은 맘껏 줄 수 있으니 특식을 준비했지, 아가들아, 이리 와봐라. 형이 참치 사 왔다. 기름은 먹지 말고, 살코기만 먹는 거야, 알았지?"

아기 고양이들이 데굴데굴 굴러오기도 하고 냄새를 맡고 달려오다 자기들끼리 부딪혀 넘어지기도 하는 것을 보며 실실 웃는 건우.

"완전 천사들이라니까, 킥킥."

아무도 없는 곳에서 마음껏 고양이들을 귀여워하고 있는 건우.

하지만 그건 그만의 착각이었다. 쪼그리고 앉은 건우의 뒤로 병원 문이 살짝 열려 있고, 눈 네 개가 나와 있는 것이 보인다.

아래쪽에 있는 눈의 주인인 은비가 초승달 같은 웃음을 그리고 말했다.

"저렇게 좋을까?"

위에 있던 눈의 주인인 지수가 빙긋 웃는다.

"응, 고양이 엄청 좋아하시는 것 같아."

"근데 왜 맨날 저렇게 숨어서 예뻐하지? 고양이 좋아하는 게 죄도 아니고."

"글쎄, 몇 번 실험해 봤는데 환자한테고 고양이한테고 누군가 옆에 있을 땐 살갑게 굴지 않아. 그래서 가급적 자리를 피해 드리고 있어. 너도 잘 기억해 뒀다가 적당히 피해 드려."

"하하, 피곤한 선생님이네."

"부끄러움도 많고, 하하."

그때 뒤에서 오지선의 머리가 불쑥 나왔다.

"또 고양이?"

지수와 은비가 살짝 놀라며 눈을 들었다가 상대가 오지선임을 알고 안심한다. 은비가 건우를 눈짓하며 말했다.

"할아버지 없으니 이제 컨테이너 주변에서 맘껏 예뻐할 수 있다고 생각했나 봐요. 아까 수술실 나와서부터 계속 안절부절못하더니 가방에서 참치 캔을 주섬주섬 챙기는 걸 보고 또 저러고 있겠구나 했죠."

지수가 웃으며 말을 받는다.

"모 선생님이 그러셨어?"

"그렇다니까? 아무도 안 보이게 캔 꺼내려고 어찌나 식은땀을 흘리며 조금씩 움직이는지, 귀여워서 소리 지를 뻔했다니까. 히히."

슬금슬금 캔을 꺼내는 건우의 모습이 연상되는지 지수가 활짝 웃는다.

하지만 은비와 지수처럼 웃지 못하고 있는 오지선은 쪼그리고 앉은 건우의 등을 보고 심각한 얼굴이 된다.

'저 사람, 뭔가 있는 게 분명해. 그게 아니라면 설명할 수 없는 일들이 너무 많아.'

말년 할머니의 크론병을 알아낸 것, 보조만 서봤다던 직장암 수술을 노련한 교수들보다 빠르고 정확하게 끝낸 것. 모두 다 이상하다.

오지선은 가만히 건우를 바라보다 방으로 뚜벅뚜벅 걸어간다.

잠시 후 오지선의 방.

전화를 들고 있는 오지선이 손톱을 깨물었다.

"어, 수진아 나야. 그래, 잘 지내지? 어 나야 뭐, 잘 있지. 다름이 아니라 물어볼 게 좀 있어서. 응, 너 아직 본원에 있지? 어 다행이다. 있잖아……."

본원에 있는 동기에게 본원 시절 건우가 어떤 일을 했는지 확인하는 오지선.

워낙 소문이 무성한 인간이라 그런지 수진이란 동기도

그에 대해 들은 것이 꽤 있는 모양이다.

동기의 전언을 들은 오지선의 눈이 점점 심각해진다.

"그래? Gallbladder(담낭)에 perforation(천공)이 있는 환자를 검사 없이 긴급 수술로 올려보냈다고? 하, CBD(총담관)에 부종이 있는 것까지 교수에게 유의 사항으로 전달했다니……."

이것만 해도 놀라운데 동기의 입에서 나오는 말은 점점 더 가관이다. 오지선이 눈을 동그랗게 떴다.

"뭐? 수술 후 3개월 만에 lump(종괴)가 14㎝나 자란 환자를 조기에 발견했다고? 검사도 없이? 아, 그건 검사했어? 그래도 대단하지. 그걸 의심해서 검사를 돌렸다는 것 자체가 엄청난 거잖아. 그리고? 또 있어?"

동기의 말을 들은 오지선이 마른 입술을 핥는다.

"어, 음…… 병원에 뭐 뜯어내려 덮어씌우려던 위암 환자도 확인했다? 에이, 그건 다른 녀석들이 치료 기록을 확인하지 않아서 그런 거잖아. 아무리 본원 환자가 아니었더라도 암이면 환자 등록이 되어 있을 텐데. 그래, 그건 좀 아니다."

동기는 몇 가지 소문을 더 말해준 후 건우가 본원에서 쫓겨난 이유에 대해 알고 있는 선에서 이야기해 준다.

끝까지 이야기를 듣고 고맙다는 말을 하고 난 후에 전화를 끊은 오지선이 손톱을 깨물었다.

"이사장과 원무과장에게 반기를 들었으면 쫓겨날 만하

지. 그것보다 엄청난 시진 능력이다. 원래도 저런 능력이 있었던 걸까?"

알면 알수록 정말 호기심이 당기는 사람이다. 처음에는 좋은 사람인지 나쁜 사람인지 헷갈리는 사람 정도로 생각했었다.

우연히 그의 집 앞 평상에서 함께 식사를 한 후 조금 친해졌다고 생각하곤 있지만 여전히 자신은 그에 대해 잘 모른다.

그에 대해 알고 있는 정보를 노트에 끄적거려 보는 오지선.

고양이를 좋아한다.

할머니를 좋아한다.

할아버지를 좋아한다.

고양이를 좋아하는 걸 아무에게도 들키고 싶지 않아 한다.

할머니를 좋아하는 걸 아무에게도 들키고 싶지 않아 한다.

할아버지를 좋아하는 걸 아무에게도 들키고 싶지 않아 한다.

자기가 써놓은 모건우에 대한 정보를 보고 스스로 황당해하는 오지선이 실소를 짓는다.

"뭐야, 이게."

노트를 북 찢어 쓰레기통에 버린 오지선이 고개를 절레

절레 흔들었다.

“점점 더 모르겠네, 이 사람.”

마취에서 깼다가 다시 잠이 들었던 최씨 할아버지가 눈을 뜬다.

희미하게 보였던 시야가 점점 회복되고, 잠시 할머니 얼굴이 보였지만 스스로 환상임을 알고 고개를 살짝 흔드는 할아버지.

그의 시야에 무표정한 얼굴로 모니터를 확인 중인 건우가 보인다.

“선…… 생…….”

건우가 움찔 놀라더니 급히 주변을 바라본다. 그러더니 동그란 의자를 끌고 바싹 앉아 물었다.

“할아버지, 정신 좀 들어요? 이거 몇 개예요?”

“…….”

“어? 안 보여요?”

“그렇게 손을 빨리 흔드는데 어떻게 보나……?”

“아.”

마구 흔들던 손을 슬그머니 멈추는 건우. 할아버지가 건우의 손가락을 보고 말했다.

"두 개군."

건우가 입맛을 다시며 손가락을 내린다.

"수술 아주 잘됐습니다, 원장님께 여쭤보니 방사선 치료 결과도 아주 좋아요. 한 달 정도 병원에서 관리받으면 여행도 충분히 가능합니다."

"계속 입원해 있어야 돼?"

"병원 밖 컨테이너에 사시잖아요, 통원 치료 하시든가요."

할아버지가 웃음을 터뜨린다. 병원 코앞에 있는 컨테이너를 오가며 통원 치료 하라는 말이 웃겼던 모양이다.

할아버지의 웃음을 본 건우가 슬며시 웃는다.

"이제 웃으시네요."

할아버지가 눈웃음을 지으며 건우를 바라본다.

"선생도 웃고 있네."

"저는 원래 잘 웃는데요?"

"스스로를 모르는 모양이군."

"음? 저 잘 웃는다니까요? 우리 엄마가 맨날 실없이 쪼개고 다니지 말라고 하는데."

"나도 할멈 앞에선 잘 웃었어. 남 앞에서 안 웃는 거지. 선생도 그런 것 같은데."

음? 내가 그런가? 아니 웃기지도 않는데 실실 웃고 다니는 쪽이 더 이상한 거 아냐?

건우가 어깨를 으쓱하며 일어났다.

"직장암은 사후 관리가 중요합니다, 말년 할머니가 뭘 주셔도 제게 허락받고 드셔야 돼요, 아셨죠?"

"그러지."

건우가 고개를 끄덕여 보인 후 일어나자, 할아버지가 붙잡는다.

"선생."

"예."

"……."

할아버지가 입술을 달싹이다 다시 입을 닫는다.

그를 기다리던 건우가 뭐냐는 듯 다시 물었다.

"말을 왜 하다 말아요?"

"……."

"참나, 답답하시긴 여전하시네. 저 갑니다, 좀 있으면 간호사 올 거니까 필요한 거 있음 다 말씀하시고요."

건우가 몸을 돌려 중환자실을 빠져나가다 빙긋 웃었다. 자동문 유리에 비친 할아버지가 누운 채로 고개를 들고 자신을 향해 뭔가 말하는 입 모양이 보였기 때문이다.

끝내 부끄러워 내뱉지 못한 말. 그건 '고마워'라는 말이었다.

건우가 빙글 몸을 돌린 후 말했다.

"아, 정혜선 선생이 여권 신청에 필요한 서류랑 제일 싸고 괜찮은 여행코스 다 짜놨어요. 할머니가 아주 좋아하실 곳으로 전 코스 다 짜놨으니까 어서 낫기나 하세요, 아셨죠?"

할아버지가 슬쩍 고개를 끄덕인다. 씩 웃어 보인 건우가 다시 몸을 돌리자 할아버지가 다시 부른다.

"선생."

건우가 크게 몸을 돌리며 과장되게 말을 받는다.

"아오, 또 아무 말도 안 할 거면서."

아직 움직일 수 없는 할아버지가 말했다.

"내 몸이 이래서…… 실례를 용서하게."

"뭐가요? 뭔 실례를 하시려고. 소변 보고 싶으세요?"

"……."

"농담입니다."

할아버지가 괜히 재미없는 농담을 하는 건우를 물끄러미 바라보다 말했다.

"고맙네."

건우가 살짝 놀란 표정을 지었다가 익살스러운 얼굴로 변한다. 손을 귀에 댄 건우가 다가오며 말했다.

"뭐라고요? 잘 안 들리는데요. 다시 한번 말씀해 주실래요?"

"……."

부스럭거리는 소리가 들리는 걸 보니 부끄러운 할아버지가 이불 속으로 숨고 있는 모양이다. 귀여운 할아범 같으니라고, 킥킥.

아버지와 아들(1)

최씨 할아버지의 수술이 끝나고 삼 일 후.

드디어 고 과장이 간호사 두 명을 충원했다는 소식을 전해왔다.

드디어 지긋지긋한 병원 밤샘 근무에서 벗어날 수 있음에 만세를 부르며 서로 얼싸안는 지수와 은비.

건우는 간호사가 오든 말든 별 관심이 없다. 사실 이런 소규모 병원에 뭔 간호사가 넷이나 되나 싶은 생각을 하고 있지만 티는 내지 않는다.

고 과장이 간호사 복장을 갖춘 두 사람을 식구들에게 소개한다.

"자, 새로 오신 두 분을 소개합니다, 한 분씩 인사하시겠어요?"

30대 초반쯤에 키가 약간 큰 간호사가 고개를 숙이며

말했다.

"양수희입니다, 부산성모병원에서 근무했습니다. 잘 부탁드립니다."

부산에서 와서 그런가? 사투리 억양이 살짝 있다. 나름 표준어를 쓰고 있긴 한데 억양까진 어쩔 수 없나 보다.

다음으로 20대 중반쯤으로 보이는 키가 작고 통통한 간호사가 고개를 숙인다.

"전혜영입니다. 대전보훈병원에서 근무하다 왔습니다, 잘 부탁드려요."

병원 식구들이 박수를 쳐준다. 물론 지수와 은비의 박수 소리가 제일 크다.

고 과장은 새 식구가 마음에 드는지 한껏 고양된 표정으로 손을 내민다.

"자, 식구들이 늘어서 모두 이 자리에서 인사드리긴 어렵고 업무 진행하시면서 차차 알아가시죠. 제가 병원 시설을 소개해 드리겠습니다, 이쪽으로."

고 과장이 둘을 데리고 자리를 뜨자 은비가 눈을 가늘게 뜨고 팔짱을 끼며 말했다.

"고 과장님 말이야, 혼자시지?"

지수가 고개를 저었다.

"그런 건 잘 몰라. 왜?"

은비가 의미심장한 눈빛으로 말했다.

"양수희 씨 보는 눈빛이 심상치 않단 말이지."

"어머, 말도 안 돼. 30대 초반으로 보이는데 40대 중반인 고 과장님이?"

"요즘 누가 나이 차이 생각해, 넌 안 그래 보이는데 고지식한 구석이 있다니까."

"에이, 그래도 그렇지. 아닐 거야."

"하하, 그래 뭐 아니면 말고."

은비가 기지개를 켜며 무표정한 얼굴로 멀뚱히 서 있는 건우를 보았다.

"어, 선생님 오늘은 사탕 안 드세요?"

건우가 은비를 본다. 네가 뭔 상관이냐는 표정을 짓는 건우의 얼굴에 웃음이 터진 은비가 입을 가리고 말했다.

"하하, 아니. 너무 많이 드시면 치아 상하신다고 말씀드리려 했죠."

건우가 말없이 고개를 돌렸지만 얼굴에 '쓸데없이 말 걸지 마'라고 쓰여 있는 듯하다.

은비는 이제 그런 건우의 반응이 재미있는지 계속 킥킥대며 힐끔거린다.

작은 병원이라 내부 소개를 빠르게 마친 고 과장이 병원 외부에 대해 설명해 주려는 듯 간호사들을 데리고 로비를 지나 정문을 여는 순간, 병원 문이 부서질 듯 열린다.

쾅!!!

"의사! 의사 빨리 오라고 해!"

정장을 입은 우락부락한 남자가 들어오자마자 고래고래 소리를 지르자, 남자답게 신입 간호사를 보호하겠다는 듯 몸으로 그녀들을 가린 고 과장이 말했다.

"무슨 일로 오셨습니까?"

눈을 부라린 남자가 소리를 버럭 지른다.

"병원에 아파서 오지 왜 왔겠소!"

서슬 퍼런 기세에 움찔 놀란 고 과장이 슬그머니 고개를 돌리며 건우를 본다. 왜, 뭐?

도와줄 생각 없어 보이는 건우 덕에 고 과장이 헛기침을 하며 말했다.

"환자 본인은 아니신 것 같은데."

남자가 인상을 쓰며 말했다.

"지금 못 걸어서 동생들이 업고 오고 있소! 빨리 의사부터 대기시키라고!"

고 과장이 식은땀을 흘린다.

"저기, 어디가 아프신지 알아야 그에 맞는 선생님을 준비……."

"여기 있는 의사 다 데리고 오라고! 우리 형님 잘못되면 너희들 배에 다 구멍 하나씩 날 줄 알아!"

신입 간호사들이 근무 첫날부터 맞은 날벼락에 겁을 먹는다.

고 과장은 그녀들 앞에서 멋지게 보이고 싶은 모양이지만 다리가 후들거리는 건 숨길 수 없다.

"호, 혹시 자, 자상 환잡니까?"

일갈하는 남자의 행색을 보고 그들이 하는 일을 짐작해 묻는 고 과장. 남자가 눈을 부라린다.

"아냐! 경찰 부르면 다 죽여 버릴 테니까 조용히 의사 불러, 알았어?"

은비와 지수가 목을 움츠리고 뒷걸음질을 친다.

그때 그녀들을 스쳐 지나는 건우가 나서며 말했다.

"조용히 하는 건 그쪽이 해야 할 일이고."

남자가 휙 돌아보며 건우를 노려본다.

"방금 뭐라고 했어?"

건우가 무표정하고 차가운 얼굴로 말했다.

"조용히 의사 부르라면서요?"

"너 의사야?"

"의사니까 가운 입고 있죠."

"……."

"순찰 도는 경찰 아저씨가 당신 소리 지르는 거 듣고 오겠습니다, 조용히 좀 하시죠?"

"이 새끼가 미쳤나? 죽고 싶어?"

건우가 차가운 눈으로 남자를 노려본다. 시리아에서 눈앞에 총을 겨누고 환자를 치료하라 소리 질렀던 반정부군을 상대했던 건우의 입장에서 이런 동네 깡패는 겁날 거리가 못 된다.

"나 의산데? 나 죽이면 당신 형님이란 사람도 죽겠지?"

"……."

건우가 남자의 뒤를 바라보며 물었다.

"그래서 환자는 어디 있습니까?"

사나운 눈초리로 건우를 노려보던 남자가 획 몸을 돌려 문을 활짝 열자, 검은색 승용차 여러 대가 들어오고 있는 것이 보인다.

중간쯤에 들어온 차에서 검은 양복을 입은 남자가 뛰어내린 후 뒷좌석에서 또 다른 남자를 부축하여 내리는 것이 보인다.

"저 사람?"

"살려라, 못 살리면 너도 죽는다."

"아아, 그게 내 할 일이니까 걱정 마시고. 근데 반말은 하지 말지?"

"죽고 싶나?"

"아까 말했잖아? 내가 죽으면 당신 형님도 죽는다고. 나 말고 여기 의사들은 전부 심장이나 신경, 내과 쪽 의사라고. 의사를 죽이고 싶으면 다른 의사 죽여. 난 안 돼."

"개새끼가 자꾸 말장난할래? 어디서 반말이야?"

"네가 먼저 반말했잖아, 새끼야."

"뭐!!!!"

남자가 건우의 멱살을 잡고 틀어쥔다.

구겨진 셔츠를 내려다본 건우가 차가운 눈으로 그를 노려본다.

"놔."

깡패의 서슬 퍼런 기세에도 전혀 기가 죽지 않는 건우 덕에 숨을 죽이는 병원 식구들.

그리고 곧 형님이란 자를 업고 들어온 남자들이 우르르 들어온다.

건우가 멱살을 쥔 남자의 손을 탁 치며 말했다.

"환자, 저쪽 입원실로요."

땀을 질질 흘리고 있는 남자들이 형님이란 자를 업고 입원실로 뛰어들어 간다.

안에 있던 말년 할머니가 놀란 얼굴로 입구를 보자, 건우는 할머니에게서 최대한 먼 병상을 지정하며 말했다.

"거기 눕혀요."

형님이란 자를 눕힌 남자들이 물러나자, 건우가 싸늘하게 말했다.

"치료에 방해가 되니까 나가들 계시죠?"

처음 병원에 왔던 남자가 당장 한 대 갈길 태세로 나선다.

"뭐, 이 새끼가!"

그때 얼굴에 칼자국이 있는 남자가 손을 든다.

"물러나라."

"형님!"

"물러서, 이 새끼야."

"……."

"다들 나가."

남자들이 눈빛을 교환하다가 주춤거리며 밖으로 나간다. 음, 이 칼자국 난 놈이 조직의 2인자고 뭐 그런 거냐?

칼자국의 남자는 입원실이 조용해지자 건우를 보며 말했다.

"치료하시죠, 의사 선생님."

음, 그래 좀 배운 녀석도 섞여 있었군. 그래, 요즘 깡패들은 대학도 나온다던데 그 말이 맞나 보다.

건우가 파리한 안색으로 고통의 신음을 흘리고 있는 환자를 살폈다. 일단 눈으로 보기에 외상은 없다. 고 과장의 걱정처럼 칼에 맞은 조직 폭력배는 아닌 모양이다.

"환자분, 대답하실 수 있습니까?"

"으으……."

칼자국 남자가 말했다.

"며칠 전부터 복통이 심하다고 하셨습니다."

"얼마나 전부터요?"

"한 열흘 됐습니다."

"지금까지 뭐 하다 이제 왔습니까?"

"……."

답이 없다. 하긴 조직 폭력배가 배 좀 아프다고 병원 오진 않겠지.

"음주나 흡연은요?"

"술은 매일 마시고, 담배는 하루 두 갑쯤 피우십니다."

젠장, 죽으려고 환장을 했냐?

아무리 겁이 나도 자기 할 일은 해야겠다 생각했는지 은비와 지수가 입원실로 들어오는 것이 보인다.

"지수 씨, 혈압 좀 확인해 주세요. 은비 씨는 체온 재주시고."

얼굴에 칼자국이 있는 싸늘한 얼굴의 깡패를 본 두 사람은 움찔했지만 건우의 지시가 떨어지자 빠르게 움직인다.

"체온 정상입니다, 선생님."

"혈압 정상입니다."

음, 다 정상이다? 건우가 칼자국 남자에게 물었다.

"문제 삼지 않을 테니 솔직히 말씀하시죠. 이 환자, 싸움질하다 온 겁니까?"

칼자국 남자가 즉시 고개를 저었다.

"2주일쯤 전에 계단에서 굴렀습니다. 그때 배를 부딪힌 것 같은데 그 후로 아파하셨습니다."

계단에서 굴러? 갈비뼈가 부러져도 이렇게 고통스러워하진 않을 텐데.

의심스러운 눈초리로 칼자국 남자를 보는 건우. 하지만 싸늘한 그의 표정은 여전히 무표정하다.

"이름이 뭡니까?"

"구진명입니다."

건우가 환자 앞에 앉아 말했다.

"구진명 환자, 제 말 들리십니까?"

칼자국 남자가 말했다.

"형님 성함은 장 영자, 호자 입니다."

건우가 황당한 얼굴이 되었다. 그럼 처음 말한 이름은 네 이름이냐? 내가 네 이름을 뭐에 쓰려고 물어? 건우가 고개를 절레절레 흔들었다.

"장영호 씨, 제 말 들립니까?"

"으으……."

허리를 구부리고 옆으로 누워 식은땀을 흘리고 있는 장영호. 계단에서 굴렀다면 외상에 의한 장 파열일 수도 있다.

은비가 얼른 말했다.

"환자 커뮤니케이션 불가능한 상태입니다, 선생님. X-Ray랑 CT 준비할까요?"

"음, 일단 그렇게 준비하죠."

은비와 지수가 얼른 영상 촬영을 위해 준비를 하러 가자, 건우가 장영호의 몸에 손을 댄다.

지켜보던 구진명이 몸을 움찔하는 것이 보였지만 지가

어쩔 것인가? 의사가 환자 보겠다는데.

그것보다 이 아저씨야. 몸을 바로 펴야 내가 좀 들여다 보지. 그러고 있으면 안 보인다고.

고통 때문에 새우처럼 등을 구부린 장영호와 씨름하는 건우. 깡패라서 그런가 힘이 엄청나다.

건우가 구진명에게 말했다.

"환자 몸 좀 펴게 도와주세요."

"예."

구진명의 도움을 받아 장영호의 몸을 펴게 한 건우가 복부를 뚫어지게 보았다.

청진기라도 들이댈 줄 알았는데 가만히 형님의 배만 노려보는 건우를 뭐 하냐는 눈빛으로 보는 구진명의 눈동자가 흔들린다.

'방금…… 뭐였어? 눈동자가…… 그러고 보니 이 의사. 한쪽 눈 색이 이상하다?'

순간적으로 푸른색으로 번뜩이는 건우의 눈동자. 구진명은 그 장면을 목격했다. 자신의 착각인가 싶어 주변 조명을 두리번거렸지만 어디에도 푸른색 조명은 없다.

장영호를 누른 채 주변을 두리번거리다 다시 건우를 보는 구진명이 놀란 표정을 지었다.

조금 전까지 장영호의 복부를 노려보고 있던 건우가 싸늘한 얼굴로 자신을 보고 있었기 때문이다.

"왜 그러십니까?"

건우가 사력을 다해 허리를 구부리려는 장영호를 누르며 싸늘하게 말했다.

"계단에서 구른다고 사람이 이렇게 된다고?"

"……."

갑자기 반말을 했지만 구진명은 시선을 피한다.

그를 노려보던 건우는 확신했다. 이건 계단에서 구른 것이 아닌 외상으로 인해 장기에 문제가 생긴 것이다.

다시 푸른 눈을 번뜩이는 건우가 장영호의 몸속을 본다.

뼈에는 전혀 이상이 없다. 하지만 늑골 아래, 위(胃)의 바로 아래쪽에 위치한 길이 15㎝인 옥수수 모양의 핏빛 구름이 보인다. 구름은 완만한 모양을 갖추지 못하고 여기저기 흩뿌려져 있다.

장영호의 복부를 노려보는 건우의 눈동자가 흔들린다.

'pancreas(췌장) bursting(파열)이다.'

제기랄, 왜 하필이면 췌장이야. 이놈 이거 다른 병원까지 이송하는 동안 죽을 수도 있는 상태라고!

건우가 소리를 버럭 질렀다.

"지수 씨! 은비 씨! 오 선생 호출해요!"

한가한 원장이 전화기를 들고 인상을 찌푸리고 있다.

"뭐요? 타 병원 transfer(전원)이라니요. 아니, 지금 환자 상태가 녹록하지 않다니까요. 지속적인 복통, 압통, 발열, 복부 팽만에 쇼크까지 온 상태입니다. 30분 전에 입원 후 10분 단위로 체크해 본 결과 지속적인 내출혈, 진행성 복막염, 혈액량 감소 등이 나타나고 혈중 아밀라아제 수치도 계속 상승하고 있어요."

원장이 답답하다는 듯 설명했다.

"아니, 그러니까. 이 환자 transfer(전원)를 어디로 하라는 겁니까? 뭐요? 우리 병원 분원도 아니고 완전히 타 병원으로 보내라는 말씀입니까?"

원장이 수화기를 던져 버릴 기세로 벌떡 일어났다.

"의사가! 눈앞에 환자가 죽어가는데! 살릴 수 있을지도 모르는데 그냥 내팽개치는 의사가 무슨 의삽니까! 여보세요! 여보세요!!"

상대는 제 할 말을 다 하고 더 이상 말이 통하지 않는다 판단했는지 전화를 끊어 버린다.

수화기를 귀에서 떼고 노려보는 원장.

옆에서 식은땀을 흘리는 고 과장이 조심스럽게 말했다.

"저…… 어떡할까요, 원장님. 모 선생님이 이미 오 선생

콜 한 것 같은데. 지수 씨와 은비 씨가 수술실 준비도 하고 있고요."

원장이 긴 한숨을 쉬며, 수화기를 놓는다.

"일단 대기하라고 하세요, 본원을 설득해야 할 것 같습니다."

일반 병원에서도 할 수 있는 수술이 아닌, 외상에 의한 췌장 파열 수술. 어쩌면 10시간 이상이 걸리는 대수술이 될 수도 있다.

무릉도원 병원은 연성대학의 분원이다. 당연히 본원에 보고를 해야 한다. 하지만 본원에선 수술대 위에서 사망할 수 있는 환자는 수술하지 않는다는 것이 원칙이다.

이대로라면 저 조직 폭력배 환자는 이 병원, 저 병원을 돌다 응급차 안에서 사망할 공산이 크다.

잠시 후 입원실.

지수와 은비에게 수술실 준비를 부탁하고, 달려온 오지선이 장영호에게 마취제 알레르기 검사를 하도록 지시한 건우가 고 과장의 말을 듣고 눈썹을 찡그렸다.

"대기?"

고 과장이 식은땀을 흘리며 가뜩이나 살벌한 인상에 얼굴에 칼자국까지 있는 구진명의 눈치를 보며 작게 말했다.

"본원에서 허가가 안 나옵니다, 이유는…… 아시죠?"

"……."

"원장님께서도 그냥 손 놓고 계실 생각은 없으십니다. 일단 다른 병원에 transfer(전원) 가능한지 전화 돌리고 있고, 본원에도 계속 전화로 문의 중이십니다."

건우의 표정이 차가워진다.

"본원을 설득하는 건 글렀고. transfer(전원) 받아줄 병원이 있겠습니까?"

"일단 정선 쪽은 긴급 수술할 의사가 없다는 회신이 왔습니다."

건우가 혀를 찬다.

"그 병원은 우리 대학병원 분원이니까 당연히 본원에서 반대하는 환자 안 받겠죠, 다른 병원은요?"

"몇 군데 돌리고 있습니다만, 알아보고 다시 연락 주겠다고 합니다. 일단 필요한 검사만 진행하시고, transfer(전원) 할 때 같이 실어 보내시죠, 선생님."

건우의 표정이 사나워졌다. 하지만 고 과장이 무슨 죄가 있겠는가? 그냥 샐러리맨일 뿐인데.

"하, 일단 알겠습니다."

고 과장이 차갑게 노려보는 구진명의 눈치를 보며 슬금슬금 입원실을 나가자, 주사를 놓고 있던 오지선이 물었다.

"수술 안 하는 건가요?"

고 과장과 건우의 대화를 제대로 이해하지 못하고 있던

구진명의 눈초리가 날카로워진다.

건우는 그런 구진명을 한번 쓱 본 후 말했다.

"검사부터 합시다."

수술 전에 검사하는 건 당연한 일이다. 오지선은 구진명의 얼굴을 힐끔 본 후 더 묻지 않고 간호사 스테이션으로 와 전화를 건다.

"중곤 쌤. 검사 준비 다 됐나요? 네, 알았어요. 데리고 갈게요."

오지선이 구석에 찌그러져 있는 신입 간호사에게 손짓한다.

"간호사님들, 환자 검사실로 좀 옮길게요."

주춤주춤했지만 일단 자신들의 일이니 곧 달려와 구진명의 병상을 미는 간호사들.

물끄러미 그들을 바라보고 있던 건우가 한숨을 쉰다.

말없이 건우를 노려보기만 하는 구진명. 뭐라고 항의를 할 만도 한데 아까 앞뒤 안 가리고 들이받으려던 깡패 놈과 달리 신중한 타입인가 보다.

그때 먼 병상에 있던 말년 할머니가 건우를 부른다.

"선생……."

생각에 잠겨 있던 건우가 고개를 획 돌리며 물었다.

"할머니, 어디 불편하세요?"

할머니가 병상에 앉아 양손을 맞잡고 물었다.

"저 청년, 안 고쳐줘? 많이 아파 보이던데."

일단 할머니가 아픈 건 아니니 안심한 건우가 한숨을 쉰다.

"하, 그게 좀 복잡해요."

"왜?"

"여긴 연성대학 병원 분원인데, 본원에서 수술 허가를 안 해줘서요."

"그걸 일일이 다 허가받고 해야 돼?"

하, 보통 사람이 이걸 이해할 리가 없지. 의사인 나도 이해가 안 가는데.

"그러게 말입니다."

가만히 건우를 노려보고 있던 구진명은 건우가 병원 측의 입장에 대해 해명할 줄 알았지만 오히려 자신도 이해 안 간다는 말투로 말하자, 살짝 표정을 푼다.

말년 할머니가 손짓으로 건우를 부른다.

"의사 선생, 이리 좀 와봐."

건우가 짧은 한숨을 쉰 후 터덜터덜 걸어가 할머니 앞에 앉는다. 할머니가 건우의 손을 잡고 말했다.

"선생, 나 수술할 때도 이렇게 복잡하게 허락받고 그랬어?"

"아뇨."

"왜? 난 긴급한 상황이라서? 저 청년도 급해 보이는데."

"그게 아니고, 할머니는 난이도 높은 수술이 아니라서 그래요. 저쪽은 10시간도 넘게 걸릴 수 있는 수술이거든요."

말년 할머니가 놀란 표정으로 물었다.

"10시간? 그렇게 힘든 수술이야?"

"췌장이란 게 위치도 후 복부…… 음, 그러니까 몸 아주 깊숙한 곳에 있는 장기예요. 중요한 장기와 혈관이 인접하고 있어서 다른 곳의 문제를 동반할 가능성도 높아요. 방금 저 환자는 바로 병원에 온 것도 아니고, 며칠이나 참고 있다 현재 쇼크 상태까지 와서 더 위험해요."

"아이고, 그냥 두면 어떻게 되는데?"

"감염, 췌장 누공, 외상성 췌장염, 복강 내 출혈이 온 후 사망할 겁니다."

"아이고! 그럼 여기가 너무 작은 병원이라 수술 못 하는 거야? 빨리 다른 병원에 연락해야지."

"원장님이 하고 있으세요."

"이걸 어째, 아직 젊어 보이는데."

마음 좋은 말년 할머니가 걱정스러운 표정으로 입원실 문을 바라본다. 저 문을 통해 장영호가 실려 나갔기 때문이다.

건우 역시 장영호가 나간 쪽으로 고개를 돌렸다가 자신에게 다가오는 구진명을 보고는 한숨을 쉬며 고개를 숙였다.

건우의 성격대로 하자면 이렇게 말했을 것이다.

'항의하실 거면 로비 가서 하세요. 거기 한가해서 맨날 병원에 붙어 있는 과장한테 하시면 됩니다.'

하지만 건우의 입이 떨어지지 않는다. 상대가 조직 폭력배건 학교 선생이건 관계없다.

눈앞에서 죽어가는 환자에게 손을 써볼 수 없는 상황은 어떤 의사에게든 절망감과 허탈함을 주니까.

뚜벅뚜벅 걸어온 구진명이 할머니 곁에 앉아 있는 건우를 내려다보며 말했다.

"선생님."

"……."

"상황은 이해 갑니다, 제가 방법을 제시해도 되겠습니까?"

응? 방법? 조직 폭력배한테 무슨 방법이 있어? 건우가 그를 올려다보았다.

"어떤 겁니까?"

"서울 하산병원으로 가게 해주십시오."

서울 하산병원은 강동구에 위치한 대형 병원으로, 연성대학 병원은 비교도 할 수 없는 거대 병원이다.

물론 거기가 훨씬 안전한 건 맞다. 문제는 환자를 거기까지 이송하는 중에 어떤 일이 발생할지 모른다는 것이다.

"거긴 왜요?"

"거기 형님 아버지가 계십니다."

건우가 놀란 표정이 되었다.

"의사?"

"예, 내과의사로 계시는 걸로 압니다."

"……."

"아버님께 말씀드리면 거기서 긴급 수술을 받으실 수 있을 겁니다."

"그럼 처음부터 거길 갔어야죠, 왜 미련하게 지금까지 참다가 이런 동네 병원으로 온 겁니까?"

"……."

구진명이 말문을 닫는다. 뭔가 사정이 있는 모양이다. 아무리 그래도 그렇지, 이 무식한 새끼들. 췌장이 파열됐는데 약국에서 산 진통제를 술에 타 먹고 자는 미친놈들이 어디 있단 말인가?

며칠만 빨리 왔어도 이런 상황까진 안 왔을 텐데 답답할 노릇이다.

구진명이 잔뜩 인상을 쓰고 있는 건우에게 다시 물었다.

"하산병원 쪽으로 전원 가능하겠습니까, 선생님?"

"가는 거야, 가는 건데 문제는 거기까지 가다가 잘못될 수 있다는 겁니다."

"……."

"일단 아버지께 연락은 하세요."

"예, 형님 검사 끝나면 여쭤보고 하겠습니다."

"뭘 여쭤봐요? 당신 형님이란 사람 죽을 수도 있다니까요, 당연히 가족한테 연락해야죠."

"……."

구진명이 다시 입을 닫는다. 음, 뭔가 있긴 하네. 하긴 의사 아들이 조직 폭력배라니. 서로 안 보고 살 수도 있겠다 싶다. 하지만 그거야 자기네들 가정사니까 알 바 아니고.

잠시 후 검사를 마치고 병상을 밀고 오는 오지선이 간호사들과 함께 입원실로 돌아왔다.

건우가 그녀를 보며 물었다.

"동반 손상 있습니까?"

오지선이 가운 주머니에 손을 넣으며 짧게 한숨을 쉰다.

"없을 리가요."

"mesenteric injury(장간막 손상)?"

"네."

췌장 파열 환자 중 77.1%에서 타 장기 동반 손상이 발견된다.

이 중 장간막 손상이 37.1%로 가장 많고, 비장, 소장, 십이지장과 신장 손상이 다음 비중을 차지하며, 하대정맥 손상도 드물게 나타난다.

"다른 곳은?"

"costa(늑골)에 fracture(골절)가 있지만 다행히 위험한 정도는 아니에요."

"혈액 검사는?"

"serum amylase(혈청 아밀라아제) 수치, 913 Somogi unit. 아주 위험한 상탭니다."

건우가 마른세수를 했다. 아밀라아제 수치가 너무 높다. 여기서 서울까지 최대 속도로 달려도 두 시간은 걸린다. 환자의 안전을 고려하지 않고 마구 달린다고 해도 말이다.

구진명은 돌아온 장영호에게 다가가 뭔가를 물었지만, 쇼크 상태인 장영호가 제대로 답을 해줄 리가 없다.

잠시 고민하던 구진명이 전화기를 들고 입원실 밖으로 나가는 것이 보인다. 아마도 장영호의 부친에게 알리려는 생각인가 보다.

그래, 아무리 사이가 좋지 않아도 알릴 건 알려야지. 그 후에 부친이 어떤 선택을 하든 그에 따른 후회는 그의 몫이니 상관할 바 아니다.

오지선이 건우의 얼굴을 빤히 보며 말했다.

"어쩌실 건가요?"

"……."

"어쩔 수 없는 일이겠죠? 본원 허가가 안 떨어지는데."

하, 답답해 미치겠네. 다시 시계를 본 건우가 고 과장에게 본원에서 온 연락이 없는지 묻기 위해 입원실 문을 열자, 문 앞을 가로막고 있는 구진명이 보인다.

"비켜주시죠."

"선생님."

"예."

"전화 좀 받아주시겠습니까?"

답답해 미치겠는데 갑자기 뭔 전화를 받으라는 거야? 건우가 인상을 쓰며 물었다.

"뭡니까?"

구진명이 핸드폰을 내밀며 말했다.

"영호 형님 아버님이십니다."

"……."

건우가 잠시 핸드폰을 바라보다 손을 내밀자, 그의 손으로 핸드폰이 들어온다.

"예, 전화 바꿨습니다."

-…….

"여보세요? 안 들리십니까?"

-내 아들 좀 살려주시게.

"……."

아들과 사이가 좋지 않다고 생각했던 아버지. 그가 생면부지의 의사에게 아들의 목숨을 구걸하고 있다.

이 정도 나이의 의사가 하산병원의 내과의로 있다면 그는 교수일 확률이 높다. 그런 그가 시골 병원 의사에게 애원하는 소리가 들린다.

-부탁하네, 꼭 좀 살려주시게.

건우의 심장이 다시 쿵쾅대며 뛰기 시작한다.

무릉도원 병원 주차장, 고양이 집 앞.

막대사탕을 물고 쪼그리고 앉아 소시지를 내밀고 있는 건우의 뇌리로 조금 전 들었던 목소리가 떠오른다.

영호는 어릴 때부터 무엇이든 혼자서 하고 싶어 했소.

과잉보호를 받는 것, 혹은 자신이 뭔가를 하고, 한 걸음 나아갈 때마다.

'아버지의 경험이 널 아프게 하지는 않을 거야'라는 말을 듣는 것을 원하지 않았지요.

아이에게 꾸며낸 이야기가 통하던 시기는 이미 한참 지나가 버렸고.

이제 그 아이도 현실이 즐거운 만큼, 더 잔인할 수 있다는 것을 서서히 겪어가는 나이가 되었을 때.

그때 영호는 나를 떠났소.

나는 아버지로서의 권위를 포기하는 것이 결코 쉽지 않았습니다.

내겐 항상 영호가 본래 나이보다 어리고, 훨씬 작고 연약하며, 감동적이고 순수한 아이로 보였으니까요.

나는 여전히 의사로서, 아버지로서의 희망을 가지고 있지만.

영호는 자신만의 희망을 갖게 되었고, 이제 나는 그것을 받아들여야만 합니다.

하지만 내가 그걸 깨달았을 땐 이미 아들이 나를 돌아보지 않게 되었습니다.

나는 선생이 누구인지 잘 모르지만 그대가 나와 같은 의사라면.

결코 눈앞의 환자를 회피하지 말아주시오.

건우가 아기 고양이가 반쯤 먹은 소시지를 바닥에 툭 던졌다.

매일 찾아올 때마다 자신을 반겨주며, 먹을 걸 달라고 조르는 아기 고양이들. 장영호가 어렸을 때 부친의 눈엔 아들이 이렇게 보였겠지? 우리 아빠도 그랬을까?

건우는 지금 현실적인 문제에 부딪혀 있다.

본원에서도 눈 밖에 나 시골 병원으로 쫓겨난 의사.

자신의 의지로 눈 밖에 날 행동을 했다곤 하지만 이 손과 눈이 있다면 다시 비상할 수 있을지 모른다는 생각이 들고 보니 슬그머니 임용에 대한 욕심이 고개를 든다.

이번에도 본원을 거역하면 진짜 해고될 수도 있다.

하지만 말이야.

나는 의사다. 눈앞에 죽어가는 환자가 있다.

그것을 외면하고 교수가 된 의사에게 어떤 명예가 남는 걸까?

나는 월급을 받고 있지만 샐러리맨이 아니다.

나는 의사다.

의사는 환자를 외면해선 안 된다.

쪼그리고 앉은 건우가 주먹을 꼭 쥔다. 생각해 보면 간단한 문제지만 건우의 발목을 잡는 문제는 또 있다.

'중곤, 지수 씨, 은비 씨, 혜선이.'

췌장 파열 수술은 혼자 할 수 없다. 세상에 혼자 할 수 있는 수술이 어디 있겠는가? 필연적으로 그들의 힘이 필요하다.

하지만 본원에서 자신의 편을 들었다는 이유로 여기까지 좌천된 사람들. 그들이 자신 때문에 일자리를 잃을 수도 있다는 점이 건우가 머뭇거리는 진짜 이유다.

"미치겠군."

머리카락을 마구 쥐어뜯으며 중얼거리는 건우.

그때 그의 뒤에서 목소리가 들려왔다.

"그러다 탈모 와요, 선생님."

움찔 놀란 건우가 뒤를 돌아보자, 지수와 은비가 나란히 서 있다. 언제부터 여기 있었던 걸까? 하, 고양이한테 먹이 주는 모습을 본 걸까?

건우가 슬그머니 눈을 굴리자 은비가 입을 가리고 웃는다.

"선생님! 본원에서도 고양이 먹이 주는 거 여러 번 봤거든요?"

"……."

제, 젠장 쪽팔리게. 지수도 눈웃음을 짓는다.

"여기 와서도 고양이 예뻐하는 거 많이 봤어요. 이제 숨지 마시고 그냥 예뻐하세요, 선생님. 누구도 뭐라고 할 사람 없어요."

누가 뭐라 해서 그런 게 아니고 내가 쪽팔려서 그렇지! 괜히 헛기침을 하는 건우.

싱글거리던 은비가 말했다.

"수술실 준비 끝났어요, 선생님."

"……."

"이야긴 전달받았어요, 본원에서 대기하라고 했다던데."

뭐 하러 다 아는 이야길 다시 해서 사람 속을 뒤집어 놓나? 확 합격에서 보류로 내려줘?

건우가 은비를 살짝 흘겨본 후 다시 고양이에게로 눈을 돌린다. 가만히 건우를 바라보던 은비가 지수에게 눈짓한다.

서로 눈빛을 주고받던 두 사람이 괜히 주변의 꽃들을 만지작거리며 말했다.

"와, 꽃 예쁜 거 봐. 이거 무슨 꽃일까?"

"몰라, 서울에선 한 번도 못 봤어. 그냥 들꽃 같지?"

"응, 나도 한 번도 못 봤어. 여기도 나름 좋지 않아? 공기도 너무 좋고, 사람들도 너무 좋고."

"맞아, 어제 할머니 환자분이 주신 옥수수 먹어봤어? 와, 나 진짜 그렇게 맛있는 옥수수 처음 먹어봤잖아."

"응, 나도 먹었어. 진짜 맛있더라."

이 사람들이. 옥수수를 받았으면 응당 자기한테도 먹어보라고 했어야지. 지들끼리만 먹었냐?

"밤에 별도 엄청 많잖아. 창문 열면 하늘에서 별이 막 쏟아지는 것 같아. 옥상도 너무 좋지 않아?"

"맞아, 나 여기서 계속 살까 봐. 서울보다 훨씬 사람 냄새 나고, 살 만한 곳 같아, 넌 어때?"

"히히, 난 진즉 여기서 뿌리 내리기로 마음을 먹었지. 솔직히 본원 거기가 뭐 사람 살 곳이야? 맨날 이 사람 눈치, 저 사람 눈치나 보고 말이야. 그냥 여기서 살자, 우리!"

"좋아!"

뭐야, 이 어색한 연극 대사 같은 것들은? 이상한 대화에 건우가 다시 그녀들을 바라보자, 꽃잎을 만지던 두 사람이 슬그머니 손을 내리고 빙긋 웃는다.

"그러니까 선생님."

응? 뭐가 그러니까 선생님이야? 방금까지 둘이서 대화하다 말고?

"음?"

지수가 양손을 맞잡으며 말했다.

"그러니까, 우리 걱정 말고 환자 생각만 하세요. 우린 여기도 충분히 좋으니까."

"……."

싱긋 웃고 있는 지수와 은비.

어쩌면 두 사람이 자신보다 더 의사 같다는 생각이 든다.

자신처럼 병을 꿰뚫어 보는 눈은 없지만 두 사람에게는 상대의 마음에 공감하는 능력이 있다. 그것으로 마음의 병을 꿰뚫어 본다.

하지만 이 일은 두 사람의 동의만으로 될 일이 아니다. 중곤, 혜선, 고 과장, 원장에게까지 피해가 갈 수 있기 때문이다.

건우가 물끄러미 자신의 손을 보았다.

이 병원에 와서 말년 할머니와 최씨 할아버지를 수술했다. 말년 할머니의 수술은 긴급했지만 난이도가 낮았고, 최씨 할아버지의 수술은 비교적 난이도가 높았지만 정확하고 빠르게 해냈다.

'닥터 램지의 손.'

이제는 자신이 있다. 게다가 췌장 수술은 비록 보조지만 70회 가까이 교수의 수술에 참관한 적이 있다.

'수술을 할 능력이 있어도 여건이 안 되면 못 하는구나.'

답답한 현실에 폐부 깊숙한 곳에서 한숨이 흘러나온다.

하늘이라도 보려고 숙였던 고개를 든 건우. 그런데 그의 눈에 최씨 할아버지의 컨테이너 뒤편에 튀어나온 머리 두 개가 보인다. 뭐야, 중곤이, 혜선이잖아.

저 녀석들까지 고양이 밥 주는 걸 보고 있었던 걸까? 슬그머니 다시 창피함이 고개를 든다. 괜히 붉어지는 얼굴을 감춘 건우가 통명스럽게 말했다.

"거기서 뭐 하냐?"

지수와 은비도 모르고 있었는지 두 사람도 고개를 빼며 컨테이너를 보고 말했다.

"어머, 두 분 언제부터 거기 계셨어요?"

중곤과 혜선이 어색한 얼굴로 주춤거리며 나온다. 중곤이 머리를 긁으며 건우의 눈치를 본다.

"그냥, 모 선생님이 심란해하실 것 같아서 나왔는데, 골똘하게 고민하시는 모습에 방해가 될 것 같아 기다리고 있었습니다."

중곤이 혜선을 쿡 찌르자 움찔한 혜선이 급히 말했다.

"마, 맞아요! 쪼그리고 앉아서 손에 소시지를 든 자세로 고민에 빠지신…… 흡!"

중곤이 급히 혜선의 팔을 꽉 붙잡자, 자신의 실수를 깨달은 혜선이 입을 막는다.

하, 그래 네놈들이 이제 다 알았구나. 이제 숨기는 건 포기할 때도 됐다.

인상을 와락 구긴 건우가 일어나자, 중곤이 급히 말했다.

"아니, 혜선 선생 말은 신경 쓰지 마시고요, 선생님. 저, 저희는 그냥 걱정이 돼서."

"그래, 좋아한다."

중곤이 멍청한 표정을 지었다.

"예? 가, 갑자기 뭘 좋아하신다는……."

건우가 불퉁한 표정으로 말했다.

"나 고양이 좋아한다, 그게 뭐?"

"……."

"고양이 좋아하는 게 죄냐?"

"저기…… 선생님 저 아무 말도 안 했는데요."

"……."

음, 아무 말도 안 했지만 네 표정이 문제야. 지금 그 표정. 너도 고양이 앞에선 할 수 없구나? 이런 표정이잖아, 이놈아.

건우가 중곤과 혜선을 째려보자 부동자세가 된 두 사람. 아무 말 없이 노려만 보는 건우 덕에 도대체 왜 이런 상황이 됐는지 알 수 없다는 표정을 짓는 중곤과 혜선이다.

그때 고 과장이 병원 문을 열고 두리번거리는 모습이 보인다.

컨테이너 주변에 모여 있는 의사들을 발견한 고 과장의 표정을 보니 역시 본원에선 여전히 허락하지 않고 있는 것 같다.

아니나 다를까 자신과 눈을 마주친 고 과장은 침통한 표정으로 고개를 절레절레 젓는다.

"하……."

건우가 한숨을 쉬자, 중곤과 혜선이 고 과장 쪽으로 고개를 돌렸다가 상황을 짐작하곤 조심스럽게 말했다.

"선생님……."

"이대로 환자 보내면 죽을 수도 있어요."

건우가 걱정스러운 표정의 두 사람을 보며 물었다.

"환자 여기서 수술하면 너희 두 사람 미래도 장담 못 해. 여기 어떻게 오게 됐는지 잊었어?"

중곤과 혜선의 입이 다물어진다. 지수와 은비는 그제야 건우가 왜 고민하는지 이해하는 표정이 되었다.

말문이 막힌 중곤과 혜선을 바라보던 지수가 나서며 말했다.

"선생님께서 고민하시는 이유는 두 분 선생님 때문이었군요?"

중곤과 혜선이 놀란 얼굴로 고개를 들었다.

"저희들 때문이라고요?"

"서, 설마 저희들이 해고당할까 봐 고민하신 거였어요?"

두 사람이 무표정한 건우 쪽으로 고개를 돌리며 감동한 표정을 짓는다. 젠장, 그렇게 보지 마. 너희 걱정만 한 게 아니라 내 걱정도 했으니까. 사람 성인으로 몰아가지 말라고 낯 뜨거우니까.

중곤과 혜선은 서로 눈을 맞추고 무언의 대화를 나누는 듯하다. 그러다 중곤이 뭔가 결심한 표정을 지었다.

"선생님, 전 괜찮습니다. 수술하시죠."

지랄, 너 레지던트 때 해고되면 절대 다른 병원에서 안 받아준다. 그거 알고 하는 소리냐?

건우가 못마땅한 표정을 짓자, 중곤이 짐짓 단호한 표정으로 말했다.

"저는 히포크라테스 선서를 한 의사입니다. 저는 의학의 신, 그리고 건강과 모든 치유, 그리고 여신들의 이름에 걸고 나의 능력과 판단으로 맹세했습니다. 절대 일신상의 이유로 눈앞의 환자를 외면하지 않겠습니다!"

하, 오그라드는 소리 좀 하지 마라. 넌 그게 멋지다고 생각하는 거냐? 그러고 보니 히포크라테스 선서. 그거 진짜 오랜만에 듣네. 처음 인턴 땐 중요하다고 달달 외우게 하더니 그 후론 평생 외워볼 일 없는 선서였는데 말이지.

그때 건우의 뇌리로 히포크라테스 선서의 마지막 부분이 스쳐 지나갔다.

내가 이 맹세를 깨뜨리지 않고 지낸다면, 그 어떤 때라도 모든 이에게 존경을 받으며, 즐겁게 의술을 펼칠 것이요, 인생을 즐길 수 있을 것이다. 하나 내가 이 맹세의 길을 벗어나거나 어긴다면, 그 반대가 나의 몫이 될 것이다.

맹세의 길을 걷고자 하는 의사는 고립되고, 그 반대는 승리하는 작금의 현실.

의사가 되고자 하는 이가 자신의 심장을 걸고 한 맹세들이 돈놀이하는 사업가들의 손에 놀아나고 있다. 의사인지, 장사꾼인지 모를 이 시대의 의사들도 마찬가지다.

순간 말년 할머니가 했던 말이 떠오른다.

'사람을 사랑하는 의사가 진짜 의사다.'

건우의 표정이 점점 차가워진다. 구겨진 인상에서 점점 차가운 인상으로 바뀌어가는 건우의 얼굴을 보며 슬금슬금 눈치를 보는 중곤과 혜선.

건우가 주춤거리는 두 사람과 은비, 지수를 보며 말했다.

"나 그 맹세 지킬 거다."

갑작스러운 영문 모를 발언에 네 사람 모두 놀란 얼굴이 된다. 빙글 돌아 병원 쪽으로 걸음을 옮기는 건우가 나직하게 말했다.

"그러니 따라올 사람만 따라와."

건우가 병원 정문을 열고 내부에 펼쳐진 광경을 보며 한숨을 쉰다.

깡패들이 로비 여기저기에 널려 있다. 몸이 도화지도 아니고 뭔 문신을 저렇게 많이 했나 모르겠다. 아무리 개성시대라지만 저건 정도가 좀 심하다.

두려움에 떨고 있는 고 과장이 부동자세로 식은땀을 흘리고 있는 것도 보인다.

구진명이 상황을 이야기 중인지 그의 곁에 모여 있던 건달들 중 맨 처음 병원에 들어와 패악을 부리던 깡패 놈이 건우가 들어오는 걸 보곤 눈을 부라리며 달려와 멱살을 잡는다.

"수술을 못 한다고? 다른 병원으로 보낸다고? 그러고도 네놈이 의사냐?"

우악스러운 손에 멱살을 붙잡힌 건우.

가만히 깡패를 노려본 건우가 나직하게 말했다.

"놔라, 이 새끼야. 반말 처하지 말고."

"이 개 같은 새끼가!"

한 대 칠 기세로 인상을 와락 구긴 깡패. 건우가 주먹을 부르르 떨며 주변에 CCTV가 있는지 두리번거리는 깡패를 노려보며 말했다.

"CCTV 찾냐? 저기 있네."

"……."

"돌아가는지 확인은 안 해봤는데 아마 돌아갈걸?"

인상만 구긴 채 건우를 노려만 보는 깡패. 건우가 그의 손을 탁 치며 말했다.

"놔."

자존심이 상하는지 끝까지 멱살을 놓지 않는 깡패. 결국 구진명이 나섰다.

"성진아, 놔드려라."

구진명이 지시를 하자, 할 수 없다는 듯 슬그머니 멱살을 놓는 성진.

건우가 구겨진 셔츠를 툭툭 털며 말했다.

"이름이 성진이냐?"

"알아서 뭐 해, 이 새끼야."

"너 몇 살이냐?"

"먹을 만큼 먹었다, 왜?"

"하, 겁나 싸가지 없네?"

"너만 하겠냐?"

건우가 실소를 지으며 고개를 끄덕인다.

"그건 그래."

"……."

뭐 이런 놈이 다 있나 하는 눈빛으로 건우를 보는 성진.

건우가 의사 가운 주머니에 손을 찔러 넣으며 말했다.

"장영호 씨랑 회식도 자주 했냐?"

"당연하지, 우리 큰형님인데. 얼마나 잘 챙겨주시는 분인데!!"

"어, 이제 회식 못 하겠네?"

성진의 눈빛이 달라졌다. 지금까진 화가 난 표정이었지만 지금은 진짜 죽일 듯한 눈빛이 된다.

"다시 말해봐."

건우가 씩 웃으며 말했다.

"회식할 때 기름진 거 많이 먹었지?"

"이 새끼가……."

"이제 못 먹을 거다. 비장을 잘라내야 되거든."

성진이 갑자기 그게 무슨 소리냐는 듯 인상을 찌푸린다. 무식한 이 녀석과 다르게 똘똘한 구진명은 놀란 표정으로 물었다.

"선생님, 수술하시는 겁니까?"

구진명의 말을 들은 성진이 건우를 획 돌아보았다. 건우는 무표정한 얼굴로 성진을 고갯짓한다.

"이놈 말이 맞죠, 눈앞의 환자를 외면하는 의사가 의사라고 불리면 되겠습니까?"

성진이 놀란 얼굴로 말을 더듬는다.

"지, 진짜…… 수술한다…… 아니, 해준다고? 다른 병원으로 안 보내고?"

건우가 성진의 근육질 어깨를 툭툭 두드렸다.

"어, 그래. 수술한다. 그러니까 반말하지 마라? 확 너네

형님 아프게 째버린다?"

조금 전까지 금방이라도 달려들 기세였던 성진이 얌전한 고양이가 되어 물러난다.

건우가 뚜벅뚜벅 걸어 구진명 앞에 섰다.

"바로 수술 들어갈 겁니다. 부친께 수술한다고 연락해 주세요. 아직 환자 의식 있으니까, 수술 동의서는 본인에게 받겠습니다."

구진명이 건우의 소매를 잡았다.

"진짜 괜찮은 겁니까? 우리 형님, 진짜 살려주실 수 있는 겁니까?"

건우가 구진명을 물끄러미 보며 말했다.

"아까 들었죠? 장영호 환자는 췌장이 아작 났습니다."

"예, 파열됐다고 들었습니다."

"췌십이지장 절제술은 췌장뿐 아니라 십이지장, 담낭, 담도, 소장과 위장의 일부를 절제해야 합니다. 아주 위험하고 오래 걸리는 수술입니다."

구진명의 냉정한 얼굴에 파문이 인다.

"그, 그렇게까지 해야 됩니까? 췌장만 파열된 건데…… 아까 다른 부위 손상이 있다고 듣긴 했지만 왜 안 다친 부분까지 절제하는 겁니까?"

"방금 말씀드린 기관들은 태아가 처음 뱃속에서 만들어질 때 함께 만들어집니다. 그렇다 보니 같은 혈관에서 혈액을 공급받죠. 췌장을 절제하면 다른 기관에 혈액이 공급되지 않습니다. 그러므로 여러 부분을 절제해야 됩니다.”

“아까…… 비장을 들어내야 한다고 하셨는데, 그걸 절제하면 어떻게 됩니까?”

건우가 어깨를 으쓱했다.

“당연히 있을 게 사라지면 문제는 생기죠. 하지만 사는 데 크게 지장 없습니다. 소화는 좀 안 되겠네요. 근데 그거 안 하면 장영호 씨 죽습니다.”

“…….”

말을 잃은 구진명. 대수롭지 않게 설명하고 있지만 사람의 장기 중 없어도 되는 건 없다. 장영호는 있어야 될 장기를 없애야 할 정도로 심각한 상태였던 것이다.

구진명이 말없이 자신을 바라보고 있는 동안 뒤따라 들어온 수술 팀을 어깨너머로 힐끔 본 건우가 말했다.

“중곤.”

로비를 점령한 깡패 집단들에 주눅 들어 있던 중곤이 얼른 답했다.

“네, 선생님.”

“가서 제모부터 해라.”

“어디까지 합니까?”

“axillary line(양측 액와)를 잇는 선에서 무릎까지, 상복부 정중 절개로 개복할 거다.”

"네, 선생님."

건우가 저 멀리 복도 끝에서 자신을 지켜보고 있는 오지선에게 조금 큰 소리로 말했다.

"환자 혈액형 뭡니까?"

오지선이 손을 크게 머리 위로 동그랗게 말며 말했다.

"O형이요."

"혈액 충분합니까?"

"네, 일단은요."

"general anesthesia(전신마취) 준비해 주시고, CT, MRI, Pet-CT 결과 수술실로 가져와 주세요."

"O.K."

건우가 지수와 은비를 돌아보며 말했다.

"지수 씨는 혈관주사 삽입하고 수액, 항생제, 진통제 놔 주시고, 은비 씨는 OR 준비해 주세요."

"네, 선생님."

"즉시 준비하겠습니다!"

다들 흩어지자 또 혼자만 남은 혜선이 울상이 된다. 뭐라도 시켜달라는 표정을 짓는 불쌍한 강아지를 본 건우가 한숨을 쉬었다.

"넌 가서 환자 수술실 들어가면 안전띠 부착하고, 혈압계, 심전도 부착해."

별거 아닌 일임에도 할 일이 생겨 기쁜 혜선이 밝게 답한다.

"네, 선생님!"

모두가 흩어지자, 고 과장이 식은땀을 흘리며 건우에게 다가와 속삭였다.

"아니, 선생님. 본원에서 허가도 안 나왔는데 이러시면."

건우가 손을 귀에 대고 크게 말했다.

"뭐라고요?"

고 과장이 움찔하며 깡패들 눈치를 본 후 다시 속삭였다.

"원장님 입장도 좀 생각해 주셔야……."

건우가 고개를 내밀며 더 크게 말했다.

"뭐라고 하시는 겁니까? 목소리가 작아서 하나도 안 들리는데요!"

깡패들의 시선이 집중되자, 고 과장은 움찔거리며 슬금슬금 물러난다. 여기서 수술하지 말란 소릴 했다간 당장 칼에 맞을 것 같았기 때문이다.

주춤주춤 뒷걸음질로 로비에서 빠져나온 그가 원장실로 달려간다.

원장실 문이 부서져라 연 고 과장이 땀을 줄줄 흘리며 말했다.

"워, 원장님! 모 선생님이 수술실 준비를 하고 있습니다!"

원장은 수화기를 들고 있다 얼굴을 굳혔다. 귀에 대고 있던 수화기를 조용히 내려놓은 원장이 침중하게 말했다.

"벌써 다섯 번째 재고를 요청했지만 본원은 여전히 수술 불가라는 답신을 해왔습니다."

"그, 그러니까요! 본원에서 허락도 안 했는데 저대로 수술하면!"

원장은 손깍지를 끼고 잠시 고민한다.

"수술 준비는 어떻게 되어가고 있습니까?"

"준비야, 팀에서 제대로 준비하고 있긴 합니다만……."

원장이 자리에서 일어난다.

"가 봅시다."

"예, 원장님."

같은 시각 수술실.

긴급 수술이라 수술실에 들어온 후에야 수술 동의서를 내미는 건우가 장영호에게 말했다.

"여기 사인하세요."

"으으……."

"아프죠? 마취하면 안 아픕니다. 근데 여기 사인을 해야 마취가 되거든요?"

건우의 말에 설득력이 있었는지 다 죽어가던 장영호가 떨리는 손을 내민다. 펜을 넘겨주고 사인을 받은 건우가 오지선에게 눈짓하자, 그녀가 나선다.

"자, 환자분. 이제 전신마취 들어갈 겁니다. 마취하고 나면 편하게 한숨 푹 주무실 수 있어요. 며칠 동안 고통 때문에 통 잠도 못 주무셨죠? 수술이 장시간이니까 아주 푹 주무시고 일어나시면 됩니다, 아셨죠?"

장영호는 어떻게든 빨리 이 고통에서 벗어나게 해달라는 듯 창백한 얼굴로 고개를 끄덕인다.

건우가 오지선에게 고개를 까딱해 보인 후 수술실을 벗어난다.

밖으로 나온 건우가 손을 소독하기 위해 가운을 벗고 있는 바로 그때, 원장과 고 과장이 다가오는 것이 보인다.

그들을 힐끔 본 건우가 물을 틀고 손을 씻으며 퉁명스럽게 말했다.

"못 하게 하셔도 할 겁니다."

고 과장이 깡패들이 없는 틈을 타 간곡한 어조로 말린다.

"선생님, 이러시면 정말 문제가 커집니다."

건우가 소독제를 손에 문지르며 말했다.

"살릴 수 있습니다. 저 환자 저대로 나가면 이 병원, 저 병원 돌다 죽습니다. 그건 살인이고요."

"하, 선생님……."

건우가 손을 털며 원장과 고 과장을 본다.

"아까 깡패 놈이 그러더군요. 눈앞의 환자를 회피하는 놈이 무슨 의사냐고. 무식한 깡패 놈도 아는 사실인데 많이 배운 우린 왜 모를까요?"

고 과장의 입이 조개처럼 다물어진다.

건우가 말했다.

"책임은 제가 집니다. 만약 같이 수술한 사람들까지 징계한다고 하면, 저 하나 해고하고 끝내라고 하십쇼."

건우가 다시 세정을 시작한다. 물 흐르는 소리만 나는 복도. 어느 누가 와서 뜯어말려도 반드시 살린다.

건우가 마음을 다잡고 있을 때 원장의 목소리가 들려왔다.

"당신이 뭔데 책임을 집니까? 그럴 위치가 됩니까?"

"……."

응? 이런 캐릭터였나? 그냥 하하, 허허 하는 캐릭터 아니었어? 어차피 당신이 말려도 난 할 거야. 완력을 써서라도 막는다면 밖에 있는 건달 놈들한테 도와달라지 뭐.

건우가 원장을 바라보자, 그가 단호한 얼굴로 말했다.

"책임은 원장이 집니다."

"……?"

뭐냐, 갑자기? 한가한 원장이 무거운 표정으로 말했다.

"이 수술 지시는 제가 한 겁니다. 모건우 선생은 그저 지시에 따랐을 뿐입니다, 알겠습니까?"

오, 뭐야. 갑자기 왜 멋진 척하냐? 건우가 원장을 물끄러미 보다 실소를 지었다.

"뭐, 수술만 할 수 있다면 뭐든."

이 원장. 괜찮은 사람이었네.

건우가 손을 들고 수술실 문을 여는 버튼을 발로 누른다. 건우가 기어이 수술실로 들어가 버리자 고 과장이 애가 타는 속내를 숨기지 못하고 발을 동동 구른다.

“보, 본원에 뭐라고 하실 겁니까, 원장님?”

“…….”

“원장님!”

“할 말이 뭐 있겠습니까?”

“…….”

원장이 물끄러미 불이 켜진 수술실을 보며 말했다.

“그저, 내 할 도리를 다했다고 해야지요.”

“원장님…….”

원장이 몸을 돌려 원장실로 돌아가며 말했다.

“의사는 환자를 치료한다. 그것이 의사의 도리다. 그리 말해야지요. 다른 할 말이 무에 있겠습니까?”

원장의 무거운 발걸음 소리가 들려온다. 수술실 문 안쪽에서 그의 말을 엿들은 건우가 씩 웃으며 고개를 끄덕인다.

‘꽤 강단 있는 원장이었군. 이름과 다르게 말이야.’

수술실에 들어와선 양팔을 든 채로 수술실 자동문에 기대어 실실 웃고 있는 건우를 이상한 눈으로 보고 있는 팀원들이 그제야 눈에 들어온다.

헛기침을 한 건우가 타월을 들고 대기 중인 은비에게 손을 내밀자, 팔꿈치 위부터 닦아준 후 수술 장갑을 착용시

켜 주는 은비.

건우가 양손을 든 채 오지선을 보자, 그녀가 입을 연다.

"Captain(선장), Control Center(관제 센터)는 준비됐으니 이제 출항하시죠?"

젠장, 그 소리 좀 그만해, 이 여자야. 손발이 오그라든다고.

건우가 아까와 달리 마취로 인해 편안한 표정을 짓고 있는 장영호를 내려다보며 말했다.

"지금부터 장영호 35세, 남성 환자의 pancreatoduodenectomy(췌십이지장 절제술)을 시행합니다."

To Be Continued